CAMINOS INCIERTOS

Miquel Ferrer

... a mi hermana Odina, que como decía en su
última mirada: "de aquí hacia allí, burros"

Miquel Ferrer Tubau

AGRADECIMIENTOS

A ellos, Paula y Miki o Miki y Paula, tanto monta, que des del primer instante han estado a mi lado alentándome para seguir adelante, escuchando y leyendo borradores, dando soporte a una historia que sin su aprobación inicial no hubiese sobrevivido. Ver sus rostros tras escuchar la historia por primera vez, esos ojos abiertos, ese silencio, fue el motivo que me hizo decidir que solo por ellos valía la pena perder horas delante del ordenador. Muchas gracias, os quiero.

A ti, lector. A ti que te entretendrás leyendo esta pequeña historia y dedicarás parte de tu tiempo. Gracias por tu esfuerzo y paciencia.

Y a "ella".

Real algunas veces, imaginada otras.

Dulce, cariñosa, afable, sensual, admirable, amiga y princesa muchas veces; dura, endemoniada, egoísta y bruja en muchas otras; pero siempre, siempre, "ella".

Imposible haber escrito sin su existencia y su inexistencia.

Y como dice la canción, "a ella, que quién sabe dónde para".

"Somos la mezcla de muchos ingredientes
como la receta de un maestro cocinero,
todos con nuestro toque original,
granos de azúcar y granos de sal.
Nunca quieras aparentar lo que no eres
creyendo que así gustarás mucho más.
Solo te hace falta saber que eres especial,
eres único y como tú no hay nadie.
Mira dentro de ti.
A ver qué ves.
..."

Canción: Tots som súpers

Autor: Marc Parrot (Club Super 3)

Índice

LA DECISIÓN

-1-

No era una mañana demasiado complicada. Las pocas visitas concertadas eran muy comunes y con diagnósticos sencillos, un par de casos de cataratas y el dictamen de un glaucoma ocular.

Era un lunes perfecto, pocas visitas por la mañana, un poco de gimnasio al mediodía y, por la tarde, salir bien temprano. A los lunes, tras un fin de semana movido, no se les podía pedir nada más.

El doctor Vinyals descolgó el teléfono.

—Anna, ¿queda alguna visita más? —preguntó mientras iba desabrochándose la bata blanca.

—No, doctor, pero hay un hombre en recepción que insiste en verle —respondió la enfermera.

—¿Y cuál es el problema? —contestó.

—Que no ha solicitado cita previa, y sus normas ya sabemos cuáles...

—¡Que pase! —dijo el doctor Vinyals cortando en seco a la enfermera mientras miraba su reloj de marca. Vio que aún le sobraban unos diez minutos para atenderlo rápido y llegar a tiempo a su clase de spinning.

El doctor volvió a abrocharse los botones de la bata y se dejó caer de nuevo en su sillón de piel. Cogió su bolígrafo favorito y esperó a escuchar los golpes a la puerta, haciendo ver que hojeaba algunos documentos de encima de la mesa.

Dos golpecitos, como era habitual, y la suave

voz de Anna:

—¿Doctor? Le paso su visita.

Se abrió la puerta lentamente. El doctor Vinyals alzó la vista de sus papeles y vio cómo un hombre de unos 40 años y metro ochenta entraba en su despacho.

Su andar era lento y laborioso.

Aunque vestía de manera correcta, la gorra y, sobre todo, las gafas exageradamente grandes y oscuras hacían que la presencia de ese hombre resultara extraña y misteriosa.

—Siéntese, por favor —tartamudeó el doctor, no de miedo pero sí dudando de si había hecho bien en aceptar esa última visita imprevista.

El hombre se sentó delante de él.

Apoyó la espalda en la silla.

No hizo ningún gesto de quitarse la gorra ni las gafas, mantuvo la cabeza baja como si no quisiera mirar el rostro del doctor.

—Mmm… Buenos días…, ¿señor…? —preguntó al misterioso hombre.

—Fargós… Manel Fargós —respondió con una voz grave y profunda que aún lo inquietó más.

—Bien, señor… Fargós, creo que esta es su primera visita y no disponemos de su ficha de paciente ni de su historial... Usted dirá... ¿En qué puedo ayudarle? —dijo yendo directamente al grano.

—Mire, doctor Vinyals —dijo el hombre—. Sé que usted es una eminencia en la medicina oftalmológica, que está reconocido por las mejores clínicas del mundo y sé que me hará perfectamente lo que voy a pedirle.

—Gracias —contestó el doctor echándose hacia atrás hasta quedarse apoyado en el respaldo de su sillón, con expresión sonriente y satisfecha—. Pero, dígame..., ¿qué es exactamente lo que tengo que hacerle?

El hombre se quedó unos segundos en silencio con la cabeza gacha e inmóvil. De golpe, la levantó y empezó a hablar:

—Bien, doctor, lo único que le pido es que todo lo que voy a explicarle quede aquí. En ningún caso iré a ver a otro especialista ni me haré ninguna prueba. ¿Ha quedado claro? —dijo el hombre con un tono desafiante.

—Pues si así lo quiere... —contestó Vinyals levantando las dos manos en señal de aprobación.

El hombre se acercó a la mesa, apoyó los brazos en ella y empezó:

—Mire, doctor, tengo un don o, mejor dicho, una maldición. Sea como sea, me quiero deshacer de él.

Vinyals se quedó unos momentos en silencio. No sabía si seguir escuchando las palabras de un probable loco o dar por finalizada la visita y echarlo del despacho de la manera más educada posible.

Sin embargo aún le quedaba tiempo y la curiosidad se había adueñado de él.

—Usted dirá. Tiene cinco minutos —le dijo de forma drástica y con cierta sorna.

—Crea lo que voy a decirle... Puedo leer sus pensamientos con solo mirarle a los ojos. Puedo saberlo todo de usted o de cualquiera a quien le fije la mirada; lo que piensa, lo que recuerda. Todo lo que esté acumulado en su memoria no es un secreto para mí.

—¿Ah, sí? ¿Y qué estoy pensando en estos momentos? —le desafió.

—Bien, estas gafas oscuras me impiden ver claramente los ojos de la gente, y por eso me las pongo, como protección para...

El doctor se agarró el mentón y exhibió una pequeña sonrisa mientras negaba con la cabeza. Miró otra vez su reloj y pensó en que ya había tenido suficiente, no estaba para atender a locos con súper poderes venidos del espacio. Contestó:

—Señor Fargós, lo siento, ya han pasado los cinco minutos. Creo que lo que debe hacer es ir a otro tipo de médico, yo no puedo ayudarle, sinceramente. Si usted considera que tiene un poder y que le causa algún tipo de problema, le puedo recomendar a un especialista en psicología que le atenderá y podrán trabajar conjuntamente con lo que le sucede. Perdone, pero tengo mucho trabajo y le agradecería que se fuera de mi consulta.

El doctor descolgó el teléfono para pedir a la enfermera que viniese a buscar al señor Fargós de inmediato, no quería perder más tiempo.

—¿Anna? Por favor, ven a... —Calló en seco al ver que el hombre había puesto la mano sobre el teléfono, cortando así la comunicación.

—Tranquilo, doctor, déjeme explicarle y lo entenderá —dijo el hombre sacándose la gorra con la otra mano.

Vinyals se acercó de nuevo a la mesa con un posado desafiante. La distancia entre ellos dos era mínima. Los segundos parecieron minutos.

—Señor Fargós, hágame caso y no me obligue a llamar a la policía. No quiero amenazarle, pero no estoy para bromas. O sea, o se levanta de inmediato o...

El doctor paró de hablar al ver que el hombre se disponía a quitarse las gafas. Con la mano derecha cogió la montura y, lentamente, fue retirándolas de su cara.

Las gafas opacas dieron paso a unos intensos ojos azules.

La distancia entre ellos no era más de 50 cm. El silencio era absoluto.

El doctor respiró tranquilo al ver que detrás de esa fanfarronería solo había unos bonitos ojos, pero normales y corrientes.

—Perfecto, señor... Fargós... Creo que ya es suficiente...

—Como usted quiera, doctor —dijo el hombre sin moverse de su sitio—. Vaya a su clase de spinning, y gracias por pensar en que no me va a cobrar esta estúpida visita.

El doctor se quedó perplejo y pensativo durante unos instantes.

«¿Cómo coño sabe lo de la clase? Puede que se lo hayan comentado en recepción... ¿Y que no le iba a cobrar nada? Bueno, era una posibilidad y ha acertado. ¡Bah, tonterías! ¡Ostras, Vinyals, coño! ¡Que eres médico! Ja, ja, ja. Si este loco tuviera ese don, sabría que tengo un rollo con mi enfermera y que me la llevo el próximo fin de semana al congreso de Tenerife. Ja, ja, ja, ¡qué peligro!».

El doctor se levantó. Alzó la mano derecha para indicar el camino hacia la puerta y dijo:

—Por favor, no lo alarguemos más.

El hombre volvió a su posición inicial y se puso las gafas y la gorra de nuevo. Hizo un gesto de asentimiento hacia Vinyals mientras se levantaba.

El hombre, tal y como había entrado, empezó a desfilar hacia la puerta.

Más tranquilo tras los momentos de incertidumbre e incomodidad, el doctor Vinyals volvió a fijar la vista en sus papeles, susurrando:

—Estamos rodeados de locos.

Esperaba oír el sonido de la puerta al cerrarse, pero lo que escuchó fueron las palabras del señor

Fargós:

—No creo que sea buena idea eso de Tenerife. Tiene razón en pensar que su mujer empieza a sospechar, y, créame, antes leí en los ojos de Anna que su intención es cazarlo sea como sea. Que tenga una buena clase de spinning —sentenció cogiendo el pomo de la puerta.

—¡Espere! —gritó el doctor—. N-No... No puede ser. ¿Cómo lo sabe? No lo he explicado ni a mis mejores amigos. ¡Ni Anna sabe esto de Tenerife! No, no puede ser. ¡Espere!

El hombre se giró y cerró la puerta de nuevo.

El doctor se llevó las manos a la cabeza, se frotó los ojos, rió de manera nerviosa y dijo:

—¡Increíble! No sé cuál es truco, pero es muy bueno. Y, dígame, ¿dice que lo sabe mirando los ojos de la gente?

—Sí —contestó el hombre—. Cuando me quito las gafas y miro los ojos de la gente.

—¡Pero eso es maravilloso! —exclamó el doctor.

—No, no es maravilloso —respondió el hombre —. Es más...

Calló en seco al ver que el doctor se había levantado y se había dirigido, decidido, hacia la puerta para detenerlo.

—¿Qué más sabe hacer? Por favor, ¿dígame cuál es el truco?

El hombre se echó para atrás, sorprendido por la proximidad del doctor.

—Yo sí que le pido, por favor, que se tome en serio lo que le comento. No hay truco, es así y punto.

El doctor Vinyals se hacía cruces de lo que había escuchado y de cómo una persona cien por cien científica como él podía estar conversando con un desconocido de cosas que no tenían ningún tipo de explicación. Pero no iba a perder nada más que tiempo si continuaba escuchando a ese misterioso hombre.

—Tiene razón. Puede que haya sido un poco incrédulo al principio, pero sus adivinanzas me han convencido, al menos para escucharle o hacerle algunas pruebas. Por cierto, ¿qué quiere exactamente de mí? —Siguió el doctor.

Manel Fargós tragó saliva y, lentamente pero con seguridad, respondió:

—Que me opere.

—¿De qué? Si puede saberse. ¿Miopía? ¿Cataratas?... Usted dirá, señor Fargós.

—Quiero que me opere. Quiero que me opere y me deje...

El hombre calló durante unos instantes, bajó la cabeza y con voz más baja dijo:

—Doctor, quiero... quiero quedarme ciego.

EL NACIMIENTO

-2-

—Quiero quedarme ciego.

Las palabras resonaban en la mente del doctor. No podía creer lo que acababa de escuchar.

De inmediato, se inclinó hacia delante y quedó a medio metro de su paciente. Contestó:

—¡¿Qué dice?! ¡¿Que quiere que le opere para dejarle ciego?! ¡¿Pero usted está loco?! Se equivocó de especialista. Mire, y se lo digo con todo el afecto y educación posibles, creo que debería ir al psicólogo y hablar con él. No sé qué es lo que le empuja a querer esta barbaridad, pero tenga por seguro que no seré yo quien le prive del sentido más maravilloso del que podemos gozar, la vista.

El hombre se mostró impertérrito, como si ya esperase esa respuesta.

—¡Joder! ¡Señor Fargós! De verdad, ¿porque crea que tiene un don o una cosa parecida (llámelo truco, magia o tomadura de pelo, ¡tanto me da!), usted cree que puede pedirme esto? —dijo el doctor mientras escribía un nombre y una dirección en un papel—. Hable con esta persona, le ayudará a superar esta confusión que tiene, y, antes de cometer cualquier locura, tómese estas pastillas que le receto, le tranquilizarán.

Manel cogió la receta de la mano del doctor Vinyals, hizo de ella una pelota y, seguidamente, la lanzó a la basura.

El doctor se quedó parado.

—¡Basta! —dijo—. Se terminó la come...

—Fue muy duro para usted negarse a seguir con el negocio familiar, tal y como deseaba su padre, y dedicarse a la medicina, mientras él le amenazaba con dejarlo en la calle y no pagarle nada más. Incluso esa vez en la que llegaron a las manos en su habitación mientras...

El doctor dejó caer su pluma encima de la mesa y, con los ojos abiertos en señal de sorpresa, lo interrumpió:

—¡No puede ser! Me está desconcertando. No entiendo nada. ¿Cómo puede saberlo?

—Déjeme que le explique, doctor —dijo Manel con voz más tranquilla.

—Me doy por vencido —suspiró el doctor—. Manel... porque puedo llamarle Manel, ¿no? Vayamos al sofá, estaremos más cómodos —sugirió yendo al otro lado de la consulta, donde había un par de sofás junto a una librería.

El hombre se quitó la gorra y las gafas de nuevo y se acomodó en uno de ellos.

El doctor Vinyals se sentó en el otro sofá. Se quedaron mirando el uno al otro durante unos instantes.

—Sí, por favor, me tomaría ese vaso de agua que iba a ofrecerme y... no, no es necesario que me diga que me haga una revisión de ojos —dijo Manel.

El doctor se quedó sorprendido de nuevo al escuchar en voz alta los pensamientos que justo iba a pronunciar. Sonrió y lo miró. Manel automáticamente se puso de nuevo las gafas.

—Mejor así —dijo el doctor, hizo una pausa y siguió—: ¡Increíble!

El doctor Vinyals tosió, destapó su pluma Montblanc y, cruzándose de piernas, le ofreció un poco de agua.

El hombre se tomó su tiempo para abrir la botella. Era sorprendente la seguridad que desprendía, controlando los tempos con sus lentos movimientos.

—Perdone —dijo el doctor, quien estaba cada vez más excitado—, ¿desde cuándo le pasa esto? ¿Desde hace tiempo?

—Mucho tiempo, doctor, mucho... demasiado tiempo —respondió Manel con un tono bajo.

—Explíqueme —pidió—, tengo todo el tiempo del mundo. Manel, dígame..., ¿cómo empezó todo esto?

Manel volvió a cerrar la botella de agua tras tomar un trago y empezó a hablar:

—Recuerdo perfectamente que todo estaba oscuro, silencioso, extremadamente silencioso. Flotaba en un estado de relajación absoluta. Recuerdo una paz como nunca he tenido. De repente, unas fuerzas incontrolables me empujaron hacia no sé dónde y me comprimieron. Notaba cómo me cogían por la cabeza. Un ruido ensordecedor me golpeó en el cerebro. Recuerdo todo muy extraño; escuchaba voces indescifrables y notaba muchos movimientos que me hacían ir de arriba abajo.

»En esos momentos no me atreví a abrir los ojos. No podía aunque luchaba para abrirlos. Finalmente lo conseguí.

El doctor Vinyals escuchaba esa historia sin mover un solo músculo de la cara mientras Manel seguía hablando:

—Abrí los ojos y me vi a mí mismo boca abajo. Un hombre con una bata verde me tenía cogido por los pies y leí en su mirada que me iba a dar un cachete en el culo y, antes de que lo hiciera, me puse a llorar. Eso me salvó de mi primera paliza.

»Hasta que no pasó un tiempo no supe que esas imágenes que recordaba constantemente eran las del día de mi nacimiento.

***

—¡Aquí lo tenemos! —decía el ginecólogo mientras miraba ese recién nacido que colgaba en sus manos—. Observador el crío —siguió diciendo—. ¡Es como si no se perdiese detalle de todo lo que le rodea! ¡Felicidades! ¿Qué nombre le pondremos? —Mientras llevaba el pequeño hacia la madre.

—Manel —susurró el padre desde un rincón del quirófano.

El ginecólogo ni se había dado cuenta de su presencia hasta ese momento. Ni una palabra durante el parto, ni un movimiento para salir de esa oscura esquina.

El médico arqueó las cejas en señal de sorpresa y depositó, con mucho cuidado, al bebé en los brazos de su madre.

—Es precioso. Felicidades de nuevo —dijo para finalizar su trabajo en esa sala y salir deprisa hacia otro parto.

El pequeño Manel no comprendía esas voces, pero sí el significado de aquellas miradas.

Se dio cuenta al instante que la mirada de la mujer que le sostenía en brazos le brindaba amor, ternura y cura, pero también escondía algo de tristeza.

—¿Papá? ¿Le has visto? ¡Es precioso! —dijo la madre—. Diría que es igual que tú.

—No, te aseguro que no es igual que yo —dijo el padre sin moverse de su rincón—. Descansa un rato, amor, te lo mereces —añadió enviándole un beso con la mano mientras se dirigía a la puerta con la cabeza gacha, dispuesto a abandonar la sala.

El pequeño Manel también cerró los ojos y recuperó fuerzas, bien arropado por aquella mujer.

—Lo siento, hijo mío, te querré hasta que pueda —dijo la madre mientras le daba un beso en la frente.

Los dos cayeron en un profundo sueño.

Los primeros días fueron como todos los de los

partos: visitas y más visitas, entradas y salidas constantes de enfermeras, controles por parte de los médicos...

Aparentemente todo parecía igual a los otros partos, pero había algo que lo hacía diferente: la extraña actitud del padre, siempre arrinconado en un oscuro espacio de la habitación, los exagerados controles que hacían a la madre y, aunque pasara desapercibido para la mayoría, el sorprendente comportamiento del pequeño Manel, siempre con los ojos abiertos, siguiendo las miradas de la gente. Ni un sollozo, ni una sonrisa, solo observando.

Manel veía sacar la cabeza por su cuna a cada una de las visitas que venían a verle: amigos de la madre, gente del trabajo, familiares, primos... Era un constante, y él, cómo no, siempre contemplando.

—¡Oh, pero qué bonito estás! —decía una mujer girándose hacia la madre con medio cuerpo colgando dentro de la cuna—. ¡Y qué ojos más grandes!

«¡Chica, yo que tú le llevaría a hacer unas pruebas ya! La mirada que tiene no es normal», leía Manel a través de los ojos de la mujer.

Otras opiniones eran menos beligerantes y no había tanta diferencia entre lo que decían y lo que pensaban.

—¡Caray! Parece que te desnude con la mirada. ¡No lo había visto nunca! ¿Siempre mira así?

Todos estos inputs que recibía Manel hacían que se cansara constantemente y cerrase los ojos, no para dormir, pero sí para poder descansar su saturado cerebro.

Los días iban transcurriendo. Las vistas eran cada vez menos y más espaciadas.

Un día recibieron la visita de tía Rosa, hermana del padre, y de su marido, Martí.

La tía se acercó al recién nacido.

—¡Por fin le veo despierto! —dijo.

Tía Rosa se lo quedó mirando por unos instantes.

—Es igual que él —le dijo a la madre—. Por cierto, ¿dónde está?

—Ya sabes que no es amante de las visitas. Está en casa, encerrado en su despacho, trabajando —respondió la madre.

La tía acarició con delicadeza la barriguita de Manel.

—No te preocupes, yo cuidaré de ti —dijo.

Manel la miró desde su cuna y enseguida lo supo: su marido, Martí, le era infiel con distintas mujeres de su fábrica y ella, desde hacía un par de meses, le ponía cada día unas gotas de veneno en su cena.

***

Martí murió unos meses después por una enfermedad desconocida.

Tras unos años, por Navidad, cuando Manel ya tenía 12 años, se acercó a su tía y, mientras todos cantaban villancicos, le susurró al oído:

—Sé cómo murió el tío. No te preocupes, tía, nunca diré a nadie que le ponías veneno a Martí. —La besó en la mejilla y siguió—: Te quiero.

A partir de ese día tuvo los detalles y regalos más impresionantes que nunca hubiese podido imaginar por parte de tía Rosa, incluso le hizo heredero único de sus pocas propiedades.

**

Lo que debería haber sido una semana de recuperación en la clínica pasó a ser todo un mes. Las idas y venidas del equipo médico cada vez eran más frecuentes.

Los habían trasladado a otra planta del hospital para atender los problemas que llevaban a la madre de Manel a estar cada día más degradada.

Esa mañana la madre estaba especialmente dulce y afectiva con Manel. Lo sostuvo en brazos durante horas y horas, arropándolo contra su pecha, acariciándole la cabeza, cogiéndole sus pequeñas manitas y besando sus piececitos.

El silencio se había apoderada de la habitación desde hacía días, pero esa mañana era especialmente sepulcral.

La madre estaba estirada en la cama con Manel entre sus brazos, el padre estaba de pie en un rincón, con la cabeza más gacha que nunca. Era la estampa de un funeral, de un adiós.

Estuvieron en la misma situación durante horas. Finalmente, toda esa lúgubre armonía quedó rota por la entrada de tía Rosa.

Se acercó a la cama y alargó los brazos hacia Manel.

—Un momento —dijo la madre.

Se acercó a su hijo y le tocó la naricita con el dedo.

El pequeño Manel dormía.

—Hijo mío, lo siento muchísimo. Eres lo mejor que me ha pasado nunca —susurró la madre mientras una lágrima caía sobre los ojos cerrados de Manel.

El niño se despertó, abrió los ojos y la vio.

Allí estaba su madre, con los ojos llorosos.

Detrás de esas lágrimas podía ver que aquella sería la última vez que estaría con ella, la agonía de su enfermedad había llegado a su fin. Se moría.

Suavemente, tía Rosa lo cogió de entre sus brazos y, como si le arrancasen parte de su cuerpo, la madre se puso a llorar con las manos extendidas en dirección a Manel mientras veía cómo se lo llevaban. Su marido la consolaba, abrazándola.

Manel, por primera vez desde que nació, se puso a llorar durante horas.

EL CRECIMIENTO

-3-

Sin su madre, la infancia de Manel no fue fácil. Al enviudar, su tía fue a vivir a casa de su hermano para cuidar del pequeño, pero el amor que ella podía ofrecerle no era comparable con el amor materno.

Aun así, teniendo en cuenta que tía Rosa no había tenido hijos y que le faltaba la experiencia necesaria, se volcó en su sobrino todo lo que pudo; lo llevaba a la guardería, más tarde, a la escuela, se reunía con los tutores, lo alimentaba y cuidaba de él.

Su padre siempre se mostraba exento de estos compromisos. A menudo estaba encerrado en su habitación o en su despacho, en medio de la oscuridad, sin salir apenas a la calle, ni trabajar, ni recibir visitas. Pocas veces estaba con Manel y casi nunca hacía el papel de padre.

Su tía se encargaba de mantener a la familia con los ahorros que obtuvo de la venta de la fábrica de su difunto marido. De esta forma, se hacía cargo de todos los gastos de la casa y la educación de Manel.

La primera decisión de tía Rosa fue llevarlo a una buena guardería del barrio de Sarrià, de esta forma, después tendría acceso a uno de los mejores colegios de Barcelona. Ella no escatimaba en gastos en cuanto a la educación de su sobrino.

Cuando Manel cumplió tres años, su tía recibió una nota de la guardería en la que la citaban para hablar con ella.

—Buenos días, señora Rosa Fargós. Muchas

gracias por desplazarse hasta aquí. Soy Ona Sánchez, la profesora de Manel —dijo la chica con la bata de cuadros toda manchada de pintura—. Perdone mi aspecto, pero acabamos de hacer manualidades, y... ¡ya sabe cómo son los futuros pintores!

—No pasa nada, ¡solo faltaría! —respondió Rosa—. ¿Ha habido algún problema con el niño?

—No, no..., no se preocupe —comentaba la maestra mientras le ofrecía una silla de pequeñas dimensiones para que se sentara—. No es nada importante de momento, pero deberíamos estar atentos a la evolución de ciertos comportamientos de Manel.

—Usted dirá —dijo tía Rosa mientras intentaba sentarse en la pequeña silla.

—Bien, Manel no tiene ningún problema en clase, pero sí que vemos que no se relaciona del todo bien con ningún compañero. Todavía no ha empezado a hablar y creemos que puede tener algún tipo de autismo. Pero, por otro lado, entiende a la perfección todos los ejercicios que vamos haciendo y se avanza a cualquier explicación que podamos dar.

La maestra hizo una pausa y prosiguió:

—Nos tiene desconcertados. No sabemos si pueden ser signos de autismo o de niño superdotado. Hay momentos en los que se queda arrinconado con la cabeza gacha, como si no quisiera hablar con nadie y, en cambio... ¿cómo le explico...?

Ona paró de hablar, miró al techo abriendo las palmas de las manos y siguió:

—Por ejemplo, el otro día teníamos que repartir un juguete a cada niño. Una vez los repartimos, todos los niños se pusieron a llorar, descontentos por el juguete que les había tocado. Bueno, perdón, no todos. De los veinte niños solo había uno que no lloraba: Manel.

—Un niño agradecido y educado, ¿no? —sonrió tía Rosa.

—No lo dudo, pero lo más sorprendente fue que el mismo Manel cambió uno por uno los juguetes de todos los niños. A medida que iban recibiendo el nuevo juguete, dejaban de llorar y se ponían a jugar totalmente satisfechos. Es como si supiera qué juguete quería cada uno de sus compañeros. Fascinante.

—¿Casualidad? —dijo Rosa—. Sí que es cierto que Manel es muy observador. Puede que supiera de otras veces qué preferencias tienen sus compañeros.

—Puede ser, ¿pero diecinueve niños? Y... ¿con tres años? —matizó la profesora—. Nos gustaría realizarle unas pruebas, pero necesitamos el consentimiento de su padre o tutor.

Tía Rosa se levantó de la silla rápidamente y, aferrándose a su bolso con las dos manos, concluyó:

—Agradezco su esfuerzo y seguimiento, pero considero que Manel es muy pequeño para someterlo a unas pruebas. Dejemos que pase el tiempo y seguramente todas estas cosas quedarán como anécdotas.

—Pero es por el bien del niño —dijo la maestra con un tono más fuerte.

—Le digo que mi sobrino no se hará ninguna prueba. No quiero que sea una rata de laboratorio, ¿entiende? Quiero que lleve una vida normal, como los otros niños. Gracias por todo.

Tía Rosa se fue de la sala.

En pocos días, Manel cambió de guardería. En ese momento empezó su tour particular de guarderías y, más tarde, de colegios.

Siempre era lo mismo; después de un tiempo estando en uno de los centros, su extraño comportamiento hacía que los tutores pidiesen hacerle un seguimiento exhaustivo, acompañado por exámenes psicotécnicos y pruebas físicas.

La negativa de parte de la familia a ceder a las peticiones y la decisión de cambiarlo de colegio automáticamente, hacía que Manel no terminase de echar raíces en una escuela el tiempo suficiente como para coger confianza y hacer algún amigo.

Manel se sentía desconcertado y culpable de lo que pasaba. No entendía esos cambios constantes. Empezaba a sentirse distinto al resto. Algo no era normal en él, y puede que por eso el comportamiento de su padre no fuera el mismo que el de los otros padres.

Ya con siete años, era consciente de que no tenía madre. Su tía ya se había encargado de explicarle cosas maravillosas de ella; cómo le había querido, qué hacía antes de tenerle, cómo era de guapa. Pero también se dio cuenta de que su padre nunca le recogía a la escuela, casi nunca lo veía y siempre estaba en su despacho con la luz apagada.

Y ese día decidió poner remedio a esa situación.

Estaba sentado en la mesa de la cocina. Sus pies colgaban de la silla mientras tía Rosa estaba de espaldas a él, fregando los platos. Dejó caer la cucharita con los restos de flan sobre el plato y dijo:

—Tía, ¿puedo subir un momento a ver a papá?

Tía Rosa dejó de lavar los platos durante unos instantes y, sin girarse, contestó:

—Sí, Manel, pero sobre todo llama a la puerta antes de entrar. Y no te estés mucho rato, tu padre no se encuentra demasiado bien y debe de estar cansado.

Hizo un saltito para bajar de la silla y se dirigió hacia las escaleras.

Manel subía lentamente cada uno de los peldaños. Se agarraba a la barandilla con la mano temblorosa. Llegó al pasillo. Todo estaba oscuro.

Al fondo estaba la puerta por la que tantas veces había querido entrar pero no se había atrevido, asustado por lo que podría llegar a encontrar.

La madera del suelo chirriaba, como anunciando su presencia.

Allí estaba él, con siente años, con sus bermudas y su jersey de lana a rayas, a punto de llamar a la puerta, la que daba la impresión de ser mucho más grande que las demás.

Toc-toc.

—¿Sí? —respondió una voz grave y apagada.

—Papá..., soy Manel.

Pasaron unos segundos de silencio. Manel se había quedado plantado delante de la puerta, aún con su pequeño puño levantado.

—¿Qué quieres? —preguntó su padre desde dentro de la habitación.

—Quiero hablar contigo —respondió con la voz temblando.

–Un momento.

Se oyeron ruidos dentro de la habitación, unas pisadas y el sonido del interruptor.

—Entra —se escuchó finalmente.

Manel levantó su pequeño brazo y giró el pomo de la puerta, empujándola lentamente. Sacó la cabeza por ella.

Había una lámpara de luz muy tenue encima de una cajonera, la cama estaba medio deshecha y su padre se encontraba en el fondo de la estancia, de pie en un rincón.

La luz apenas dejaba ver las piernas de su

padre, ocultas bajo aquel pijama de rayas. No podía ver su rostro.

—Pasa, Manel —dijo él desde la penumbra.

Manel se quedó parado al pie de la cama, con las manos detrás de la espalda y con la cabeza gacha.

—Papá, no quería molestarte, ya sé que no te encuentras bien, pero solo quería preguntarte una cosa.

—Manel, si se trata de los deberes, tu tía ya te ayudará, si...

—No, papá, tía Rosa no puede ayudarme con esto.

El padre se quedó en silencio.

Manel sentía la respiración profunda de su padre.

—Dime, Manel, ¿qué quieres?

Manel se aclaró la garganta y, tartamudeando, le dijo:

—¿Es... es culpa mía? —Tragó saliva y siguió—: ¿Es porque soy distinto a los demás y por eso no estás más tiempo conmigo? ¿Qué puedo hacer para complacerte y que me quieras?

El niño se quedó ahí de pie, aún con las manos detrás de la espalda, aguardando una respuesta durante más de un minuto. En silencio, rígido como una estatua.

La sombra de su padre seguía inmóvil al fondo de la habitación.

La respuesta no llegó.

Dolido por el silencio de su padre, Manel se dio la vuelta y se dirigió hacia la puerta con la cabeza gacha.

—Manel, un momento.

Manel se detuvo sin girarse, esperando escuchar una respuesta de su padre, esperanzado.

—Manel, mañana me voy de viaje a América del Sur por trabajo, estaré mucho tiempo fuera. Haz caso siempre a tía Rosa.

Las lágrimas caían por las mejillas de Manel. Con una mano se las limpió y, luego, reanudó su marcha hacia la salida.

—Hijo, espera —gritó su padre desde el fondo de la estancia.

Manel se quedó parado en el marco de la puerta. Oyó cómo unos pasos lentos se acercaban a él.

Notó la presencia de su padre, que se inclinó hacia él. Sus brazos lo abrazaron con fuerza y sintió cómo sus cabellos se entremezclaban. Escuchó que le susurraba al oído:

—Y no, tú no eres el culpable. —Mientras recibía un beso húmedo por las lágrimas.

Aquella noche, Manel se acostó con sentimientos confusos; triste por el largo viaje de su padre, pero feliz por haber recibido por primera vez una muestra de amor de su parte.

De lo que no era consciente es que tardaría muchos, muchos años en tener noticias suyas.

Al día siguiente, al despertarse, ya no había rastro de su padre. Desayunó solo y en silencio mientras su tía preparaba su mochila con cierta tristeza y desgana.

—Ya te comentó tu padre que se iba de viaje, ¿cierto? —preguntó con cara de no haber dormido en toda la noche, escondiendo su mal aspecto tras las gafas de sol.

Manel asintió con la boca llena mientras comía sus magdalenas.

—Todo irá bien, Manel, no te preocupes. Estoy aquí para cuidarte.

Fue a partir de ese momento cuando Manel se dio cuenta de que debía cambiar. Que su comportamiento le ocasionaba demasiadas complicaciones. No podía seguir cambiando de escuela cada dos por tres, había de intentar ser normal, así cuando su padre regresara estaría orgulloso de él.

La única manera que le venía a la cabeza para lograrlo era pasar lo más desapercibido posible, no explicar nada de lo que le pasaba y veía, evitar sobresalir de entre demás. En definitiva, ser como cualquier otro niño.

Y así empezaron unos años de cierta estabilidad.

La primera cosa que hizo fue no sacar tan buenas notas. Él siempre sabía cuáles serían las preguntas de los exámenes con solo mirar a los ojos a los profesores, así que se limitó a errar de forma voluntaria una o dos preguntas en cada examen.

También trataba de no mirar mucho a sus compañeros, así evitaba saber lo que querían de él y complacerles de forma involuntaria –tal y como había hecho hasta entonces– o, peor aún, saber exactamente lo que pensaban de él.

Eso comportó un problema, ya que casi siempre iba con la cabeza gacha y los otros niños empezaron a reírse de él y a ponerle nombres como "Mira-suelos", "Torticolis" o el mal nombre que le quedó, "Avestruz", porque era como si escondiera la cabeza bajo tierra.

Pero todas estas cosas no le importaban, sabía que era un precio que había de pagar para parecer normal, y aceptó interpretar ese papel.

Y así fue cómo empezó a permanecer en la misma escuela durante unos años seguidos, a que los profesores no le pidieran realizarle algunas pruebas y a sentirse como un niño normal; introvertido, según los profesores, friki, según los alumnos, paciente, según él.

***

Al cabo de unos años, cuando ya se sentía posicionado en su hábitat, tomó la decisión de hacer amigos.

Era muy duro saber lo que pensaban de él los demás niños, pero había de hacer un esfuerzo y aguantar lo que fuera.

Y llegó el día. Una mañana, mientras algunos jugaban a pelota en el recreo, Manel se dirigió hacia un grupo de cinco chicos de su clase, justamente la pandilla del líder, Xavier Olesti.

Xavier era el más fuerte, el más guapo, el más gamberro. El niño admirado por todos y todas, no por sus notas, evidentemente, sino porque además de parecer mayor, ya fumaba y presumía de haber hecho el amor con una chica mayor en su pueblo de veraneo.

Pero el título de líder lo ganó por ser, supuestamente, el autor de unas pintadas en la pared de la escuela en contra de ciertos profesores y sus abusos.

Los directores nunca pudieron descubrir quién había sido el causante de ese alboroto, pero los rumores que corrían entre los estudiantes presentaban a Xavier como artífice de esa proeza.

Él no lo negó nunca y pasó a ser una leyenda viva, admirado por todos y, sobre todo, por todas.

—¡Vigila! ¡No vaya a ser que Avestruz choque con nosotros! ¡Que no sabe por dónde anda! —dijo Xavier al ver que Manel llegaba donde estaban ellos.

—Hola —saludó Manel con la cabeza gacha.

—¡Venga! Lárgate, que estamos hablando de

nuestras cosas —dijo Gabriel, uno de los secuaces del líder, alzando el brazo para evitar que Manel se uniera al grupo.

—De acuerdo, solo quería deciros algunas cosas que sé —murmuró Manel dando media vuelta.

El grupito se lo quedó mirando.

—¿Qué sabes tú, Avestruz? —escupió Xavier.

Manel se giró lentamente, aún con la cabeza gacha, y habló:

—Pues sé qué preguntas saldrán en el examen de mañana.

Inmediatamente, los chicos se miraron entre ellos.

—¡¿Qué?! —exclamó uno de ellos—. ¿Cómo lo sabes?

—Mmm... Me colé en el despacho del profesor y he registrado los papeles —mintió Manel.

—¡¿Tú?! ¡No me lo creo! —le dijo Xavier mientras se acercaba a él.

Manel sacó un papel donde estaban apuntadas las preguntas que había "consultado" en la mirada de la profesora de Ciencias.

Xavier le arrancó la hoja de las manos con violencia. La leyó, la dobló y se la puso en el bolsillo de detrás.

Desde la altura que le daban aquellos treinta

centímetros de más que hacía respecto a Manel, lo cogió por la solapa de la camisa y lo levantó unos centímetros.

Manel se quedó de puntillas, sin mirarlo, mientras Xavier lo sostenía y acercaba su boca enorme a su pequeña oreja.

—¡Avestruz, si no es verdad, prepárate! Te enterraré la cabeza bajo tierra, pero para que no la saques nunca más. ¡Serás hombre muerto!

Xavier lo soltó de golpe, por lo que cayó de culo al suelo. El líder dio media vuelta para encarar a sus amigos y les mostró el papel.

Manel se levantó y se fue hacia clase.

Solo hacía falta esperar a la mañana siguiente.

***

La profesora acababa de repartir las hojas de los exámenes, colocadas boca abajo en cada una de las mesas. Todo el mundo estaba pendiente de recibir el pistoletazo de salida para girar la hoja y empezar a escribir.

—Tenéis dos horas. Mucha suerte..., porque si se hace justicia... —dijo la maestra.

El sonido de las hojas al girar, los suspiros y algún que otro gemido se apoderaron del aula.

Manel, sin haber girado la hoja aún, volteó la cabeza para buscar la cara de Xavier.

Allí estaba el líder, a última fila, con una sonrisa

de oreja a oreja, mirando de reojo a sus amigos y cogiendo el bolígrafo rápidamente para empezar a contestar lo único que se había estudiado. Babeaba de felicidad.

Pasaron casi dos horas antes de que Manel entregara su examen. De hecho, en media hora ya lo había rellenado todo, pero su decisión de pasar desapercibido también incluía el no llamar la atención con su velocidad, por eso se tomaba su tiempo para hacerlo.

Como ya supuso, el grupito del líder entregó la hoja lo más rápido posible, como si de una carrera se tratase, y compararon quién había sido el primero en terminar.

Manel, tranquilamente, salió al recreo tras finalizar el examen.

Cegado por el sol que lucía esa mañana, se quedó parado un momento en la puerta de salida. Poco a poco, pudo visualizar dónde estaba Xavier. Como siempre, estaba rodeado de sus cuatro compañeros y comentaban, exaltados, el éxito de la prueba.

Manel se dirigió hacia ellos. A medida que iba llegando a su destino, el círculo de amigos fue abriéndose. Una vez se incorporó al grupo, el círculo se cerró de nuevo.

Uno de los chicos le dio una palmada en la espalda, en señal de admiración y gratitud. Xavier se quedó mirando ese gesto y dijo:

—¡Eh, chicos! Ha estado muy bien, pero no hay para tanto, solo es un examen. A ver si Avestruz es

capaz de traernos algo más. O sea que... ¡espabila!
—amenazó golpeándole en el pecho con el dedo—.
Tráenos las preguntas de Mates el próximo día y
puede que te dejemos estar con nosotros un rato.
—Y lo echó del grupo de un empujón.

Manel se retiró, pero, aun con el desprecio
mostrado por Xavier, estaba feliz por el
comportamiento que habían tenido algunos de los
miembros del grupo hacia él. Había confirmado en
sus miradas que había pasado de ser el friki a ser
admirado, y estaba convencido que eso al líder no
le gustaba nada.

De lo que no era consciente Manel es que,
aunque se consideraba a sí mismo una persona
paciente, el maquiavelismo estaba aflorando de
una manera imparable en su interior y que, poco a
poco, iría abriéndose camino hacia el liderazgo.

Cada vez era más grande el grupo de
compañeros que le rodeaba; algunos de manera
interesada, otros porque Manel se encargaba
personalmente de hacérselos suyos.

Y así fueron disminuyendo las fuerzas del grupo
del líder. Uno por uno, fueron dejando de lado a
Xavier para pasarse al otro bando. Solo quedaban
dos, Tomás y Gabriel, fieles seguidores de Xavier.

El tiempo fue pasando y, con los quince recién
cumplidos, era el momento de dar la estocada final,
solo hacía falta bombardear con cargas de
profundidad la línea de flotación del enemigo.

Entró en clase y se dirigió al pupitre de Gabriel,
quien ya estaba sentado repasando sus cuadernos
de ejercicios.

—¡Eh, Gabriel! —le llamó Manel desde detrás suyo, susurrándole al oído—. Sé que te gusta Judith, y sé cosas de ella que seguramente te pueden ayudar. Si quieres, en el recreo te vienes y te las explico. Tú mismo.

Manel pasó de largo y se dirigió hacia su pupitre. Gabriel se quedó mudo, mirándolo.

Y como no podía ser de otra forma, el enamorado de Judith se dirigió hacia Manel en el primer minuto del tiempo libre que tenían, buscando cualquier cosa que pudiese facilitarle romper el muro que le separaba de ella.

Xavier se quedó atónito al ver que Gabriel se acercaba al grupito de Manel nada más salir al patio. Dio un empujón a Tomás diciendo:

—¡Estoy hasta los cojones de este tío! —Y se fue directamente hacia él.

Irrumpió con violencia el grupo de Manel, lo empujó con las dos manos, lo que provocó que reculara un par de metros.

—¿Pero qué te crees, Avestruz de mierda? — gritó Xavier—. ¿Que porque te inventes cosas y sepas más que los demás eres el rey de la escuela?

Manel lo miraba aún medio agachado por el empujón ocasionado, sonriendo y pensando que todo iba tal y como había previsto.

La gente empezaba a agruparse a su lado, atraída por los gritos y los gestos del que hasta ese momento había sido el líder.

—Aquí le tenéis, miradlo bien. ¡Ha sido, es y será siempre Avestruz! No os dejéis engañar, es un farsante —gritaba Xavier con las manos levantadas, dando vueltas sobre sí mismo delante de una cincuentena de alumnos que los rodeaban—. Está completamente ido. ¡Loco! Loco como... ¡loco como su padre!

Fue escuchar esto y Manel salió como una bala hacia él. Lo envistió por detrás con todas sus fuerzas, pero apenas lo hizo tambalear un poco. Era como un muro.

Manel seguía agarrado a su cintura con la intención de derribarlo.

Xavier empezó a girarse sobre sí mismo hasta encarar a Manel, miró hacia abajo y vio la cabeza del chico pegada a su cintura, realizando esfuerzos inútiles para tumbarlo. Se puso a reír.

—Ja, ja, ja, miradle, ¡no puede! Es como una niña —se burlaba Xavier.

Bajó su fuerte mano, le cogió la cabeza, lo apartó de su cintura y lo mantuvo lejos de él mientras Manel se esforzaba, en vano, para volver tomar contacto.

Manel notaba cómo la fuerza bruta de Xavier le obligaba a ceder; primero una rodilla al suelo, luego la otra y, para terminar, el cuerpo. Finalmente Xavier se puso encima de él, inmovilizándole los brazos y presionándole la cabeza con su mano.

—¡Avestruz! ¡Enterraré tu cabeza bajo tierra, que es donde tiene que estar! —chillaba Xavier mientras restregaba el rostro de Manel por la arena del patio.

La gente que les rodeaba, al ver la supremacía del líder, empezó a corear su nombre:

—¡Xavier, Xavier, Xavier!

Este, excitado al ver que recuperaba la admiración de la gente, se acercó a Manel y le dijo en voz baja:

—¡Como vuelvas a interponerte en mi camino, te juro que te aplasto los huesos!

Manel, con una de las mejillas llena de arena en contacto con el suelo y con la otra aplastada por la mano de Xavier, escupió arena de la boca y le contestó con dificultad:

—¡Capullo! Escúchame bien, te doy la oportunidad de salir bien parado de esta situación, déjate ganar y no diré la verdad.

—¿Qué dices, desgraciado?

—¿Quieres que la gente sepa que aún tienes miedo a la oscuridad? ¿Que tienes que dormir con tu peluche favorito entre los brazos? ¿Quieres que lo sepan? —amenazó Manel.

La presión de Xavier fue disminuyendo, sus ojos estaban cada vez más abiertos y su piel iba cogiendo un tono más pálido.

—Pero... cómo... ¿cómo sabes estas cosas? —Xavier iba retirándose lentamente.

—¡O te dejas ganar y no me molestas más o les cuento a todos que también te sigues meando en la cama! —sentenció Manel, mirándolo fijamente.

La gente, que seguía gritando el nombre de "Xavier", se quedó sorprendida ante ese giro inesperado.

Con un movimiento rápido y en sincronización con la falta de atención de Xavier, Manel se colocó encima de su contrincante, simulando hacer esfuerzos y golpes sin dolor.

—¡Basta! —dijo Xavier—. ¡Tú ganas!

Manel se retiró de encima de él, se levantaron y Xavier se fue. Esta vez, era él el que iba con la cabeza gacha.

La gente se quedó en silencio rodeando a Manel, que estaba todo sucio de polvo. Él miró a su alrededor; leía admiración, valentía en sus actos, cojones por haberse enfrentado al líder, pero no veía sumisión ni reverencia. Hacía falta algo más para ser el nuevo líder, y lanzó su última piedra para lograrlo.

Alzó el brazo y, señalando con el dedo a Xavier, que ya estaba lejos, dijo a la gente:

—Y que lo sepáis, ¡él no hizo las pintadas!

La gente enmudeció de nuevo, empezaron a hablar entre ellos, a murmurar, y el efecto que Manel había buscado empezó a surgir.

—¡Claro! ¡Fuiste tú! —dijo uno de los chicos.

—Fue él, fue él, ¡fue Avestruz! —Se escuchaba entre la gente.

Gabriel se puso a su lado, le cogió la mano y se dirigió al resto de la gente.

—¡Avestruz no! ¡Fue Manel Fargós! —Mientras le levantaba el brazo en señal de victoria.

Aquel día fue el punto de inflexión en la juventud de Manel.

Se dio cuenta que esa cosa que le había hecho sentir distinto realmente le hacía superior a los demás; le hacía más fuerte, más poderoso, sentía que podía lograr todo aquello que se propusiera. No existían límites para él.

Le esperaban unos años llenos de éxitos y triunfos, se terminaron las penurias y los complejos.

Era su momento. Hasta ese día había sido pisado, pero ahora sería él el que aplastaría sin piedad.

EL ÉXITO

-4-

La carrera de Económicas fue un paseo para Manel. Fueron unos años llenos de diversión y no tuvo problemas en ir aprobando todas las asignaturas.

Era muy sencillo para él saber qué preguntas saldrían en los exámenes. Si había podido hacerlo en la escuela, en la universidad aún fue más fácil por el descontrol que reinaba en esa institución.

La gente y el profesorado no entendía cómo un chico que solo asistía a las clases para programar fiestas, ponerse a última fila y hablar con chicas podía sacar esas brillantes notas.

Los profesores habían sospechado de él, pensaron en que debía tener alguna técnica para copiar en los exámenes, pero no sacaban nada en claro tras observarlo durante una prueba.

Consideraron que era un chico muy inteligente, que con solo asistir a clase unos días antes de las pruebas y hacer cuatro preguntas al profesor se sacaba una carrera con matrícula de honor.

Y así fue como terminó su etapa universitaria, con un montón de matrículas y un buen puñado de chicas en su agenda.

Manel se había convertido en un hombre atractivo y seguro de sí mismo, con aire chulesco y creído.

Podía lograr a la chica que quisiera. Aunque ella en un principio no le considerase de su interés, gracias a su don, respondía a todas sus exigencias.

Si había de ser un buen tío y que le gustasen los conciertos de música clásica, él lo era; si había de ser un cabrón a quien le fueran los conciertos de rock, él se enfundaba en su cazadora y era el prototipo perfecto de roquero; si la chica deseaba encontrar a su príncipe azul, Manel se convertía en él como por arte de magia.

Su facilidad para saber lo que el otro desea le convertía en un gran amante. Sabía dónde tocar en el momento adecuado, llegar hasta donde quería su pareja o cruzar aquella línea donde ella dudaba.

No tenía como costumbre salir más de dos veces con la misma chica, no quería compromisos y que se le notara la falsedad en la que se movía. Solo alargaba las relaciones en el caso de que el sexo fuera satisfactorio, nunca por sentimientos.

Cuando conseguía lo que quería dejaba ir a su presa de inmediato, esto le provocaba un vacío a la mañana siguiente que, como un pez que se muerde la cola, trataba de calmar enseguida con otra chica.

A través de su inexplicable capacidad, podría obtener lo que deseaba, convencer a cualquiera, jugar con los sentimientos de los demás y conseguir el éxito sin ningún esfuerzo.

Atrás quedó la inocencia de ese niño que no sabía qué le pasaba, que se había sentido desplazado de los demás por ser diferente, que había sido humillado en más de una ocasión. Aunque Manel aún conservaba muy en el fondo esa chispa de bondad, su sed de venganza le había hecho vestir una carcasa dura e impenetrable de ambición e insaciabilidad para substituir lo que nunca tuvo y lo que no encontraba, aquello que ni su don podía lograr, el amor.

Seguía viviendo en la casa antigua de sus padres. Ya había renunciado a preguntar acerca de su padre y hacía mucho tiempo que no sentía aquella sensación de abandono.

La relación con su tía era mínima; compartían casa, ella le cocinaba siempre, cuidaba la casa, pasaba dinero de forma mensual a la cuenta de Manel para sus gastos y poco más. Apenas cruzaban más de cuatro palabras cuando se veían, y él no daba ningún tipo de explicación de lo que hacía y dejaba de hacer.

Con los años, tía Rosa iba envejeciendo y para Manel fue más un estorbo que una ayuda.

Él solo pensaba en largarse de aquella maldita casa que tan malos recuerdos le traía, pero para eso había de trabajar y ganar dinero.

Una vez hubo terminado la carrera, su maquiavelismo afloró más que nunca en su búsqueda de empleo.

Sí que es cierto que con su currículum universitario podía encontrar perfectamente un trabajo en cualquier sitio donde necesitaran un economista, pero optó por hacer las cosas de otra forma.

Abrió el diario y solo seleccionó los anuncios de empresas importantes, independientemente del puesto de trabajo que requerían. De los resultados finales, consultó sus webs y facturaciones. Quería la más grande, la más poderosa, y la encontró: Mac

Enterprises.

Capitaneada por su flamante director general, Mike Render, Mac Enterprises tenía el perfil que buscaba Manel: compañía internacional, facturación elevada y estructura piramidal, ideal para ir subiendo de cargo si las cosas se hacían bien.

Seguidamente, introdujo el nombre de Mike Render en Google y empezó a descargarse toda la información disponible sobre él: notas de prensa, noticias de sociedad, clubs en los que era miembro...

Una vez tuvo esa la información, puso su currículum en un sobre y lo envió a Mac Enterprises.

Ya lo tenía todo, solo debía empezar a actuar.

Esa misma tarde fue al gimnasio Metropol a apuntarse como socio. Hizo un poco de cycling y sauna, después, una buena ducha. Miró su reloj –las ocho– y se fue hacia el bar del club.

Mientras tomaba una cerveza, entró un grupo de hombres que comentaban pequeñas historias del partido de pádel que habían jugado. Los observó detenidamente, siguiendo todos sus movimientos. Manel se puso de pie y fue a chocar de espaldas con esos hombres de forma voluntaria, aunque fortuita para ellos.

—Perdonad —se disculpó Manel recogiendo su bolsa del suelo—. Iba distraído.

Levantó la mirada y, dirigiéndose a uno de ellos,

le dio la mano en señal de disculpa y presentación.

—¿Nos conocemos? —preguntó Manel.

—Pues ahora no caigo. Soy Mike Render. —Le devolvió el saludo con un apretón de manos.

Alargaron unos segundos ese apretón de manos, mirándose.

—Te pido disculpas de nuevo, me confundí de persona —dijo Manel y se fue.

Los hombres se quedaron mirándose entre ellos, con gestos de sorpresa, y siguieron hablando de cuál había sido la mejor jugada.

Manel salió del bar y se dirigió hacia el aparcamiento, lanzó su bolsa dentro del maletero del coche y, cerrándolo de golpe, se dijo a sí mismo:

—Ya estoy listo para la entrevista.

***

Sentado en esa sala de espera, observaba con tranquilidad cómo de nerviosos estaban los otros candidatos. Hombres con ropa sencilla, mal afeitados, con las manos grandes y gastadas de hacerlas trabajar. Él estaba tranquilo, mirándoles con una media sonrisa insultante.

Para la entrevista, optó por ponerse un traje gris, aunque descartó la corbata. El momento no lo merecía.

Pasado un rato, salió una chica en minifalda y una carpeta en sus manos.

—¿Sr. Manel Fargós?

—¡Voy! —dijo saltando de su silla de manera activa, lo que sorprendió al resto de candidatos.

Siguió a la chica por un pasillo mientras observaba su movimiento de cadera al andar. Ella se detuvo delante de la puerta de una sala pecera y lo pilló in fraganti mirándole el culo.

—¡Ehem! Sr. Fargós, espere aquí. —Indicándole con la mano el interior de la sala.

—Gracias..., Cristina... Mejor esta falda negra que no la roja que pensabas ponerte esta mañana. —Pasó por delante de ella y entró en la sala.

La chica se quedó parada durante unos instantes, pensando en cómo diablos sabía su nombre y, más aún, lo de la falda. Retrocedió por el pasillo preguntándose cómo lo había hecho.

Manel estaba sentado en la sala con las dos manos encima de la mesa, con una tranquilidad sorprendente.

Pasados diez minutos entró una mujer de unos cuarenta años, con un vestido negro de chaqueta y con un montón de hojas entre sus manos.

—Buenas tardes.

—Esperemos que sea una buena tarde —respondió Manel.

Le dio la mano antes de sentarse. Puso los papeles encima de la mesa y cogió los que estaban arriba del montón.

—Bueno..., Sr. Fargós... La verdad es que me sorprendió su currículum vitae. Es inmejorable, pero creo que hay un error, Mac Enterprises está buscando a una persona para el almacén de carga y descarga.

»Usted tiene un perfil muy bueno para el departamento financiero, pero en estos momentos no tenemos ninguna vacante. De todas formas, nos quedamos con sus datos y estaremos encantados de entrevistarle en caso de necesitarlo.

Mientras la mujer hablaba, él se la miraba atentamente.

La mujer abrió las manos dando por terminada la conversación. Las juntó de nuevo, cruzado los dedos, y se apoyó encima de la mesa.

Manel seguía mirándola sin mostrar ninguna expresión, ni de sorpresa ni de decepción.

Pasaron un minuto en silencio.

—¿Me ha entendido, Sr. Fargós? Tendrá que perdonarme, pero tengo mucho trabajo...

—¿Mucho trabajo? —interrumpió Manel—. ¿Qué le parecería que, de golpe, se quedara sin trabajo?

—¿Qué quiere decir con esto? —replicó ella.

—Pues que... ¿qué cree que pasaría si llegase a dirección un informe con todas las infracciones que ha cometido durante este tiempo?

—Pero... ¿qué me está diciendo? ¿Es una amenaza? —La mujer se estaba poniendo cada vez más agresiva.

—Justamente esto es lo que quiero, amenazarla. Quiero que me entreviste el mismísimo director general. Dígale que tengo unas ideas muy interesantes para Mac Enterprises.

—¡Pero no puedo hacer esto! —exclamó la mujer con una risa nerviosa.

—¡Claro que puede! ¿No querrá que se enteren de que ha falsificado currículums para familiares, no? O que aceptó sobornos para contratar a gente no cualificada. O, lo peor de todo, que pide favores sexuales a jóvenes de la empresa a cambio de no despedirles.

La mujer se quedó en silencio.

Se levantó, cogió los papeles de encima de la mesa y, antes de salir, se giró hacia Manel.

—Espere aquí. Haré lo que pueda. —Y cerró la puerta con un fuerte golpe.

Manel sonrió y, con toda tranquilidad, se sacó la corbata de su bolsillo y se la anudó al cuello.

Transcurrida media hora, la puerta volvió a abrirse.

La mujer, con el rostro desencajado, le hizo un gesto para que se levantara y la siguiese. Subieron hasta la última planta del edificio, saludaron a una secretaria que estaba a la salida del ascensor y se dirigieron hacia una enorme puerta de madera que estaba al final del pasillo.

La mujer se detuvo delante de la puerta. Lo cogió por el brazo con fuerza, clavándole las uñas, y le dijo:

—Tiene cinco minutos... Y... recuerde nuestro acuerdo. —Llamó a la puerta.

—Adelante —dijo una voz a través de ella.

Mientras la puerta se abría, Manel cogió con fuerza la mano de la mujer, desclavó sus uñas del brazo y le dijo entre dientes:

—¿Nuestro acuerdo?... No dormirás tranquila en mucho tiempo..., puta.

***

Cinco minutos era mucho tiempo para Manel. Le sobraba.

—Usted dirá, Sr... Fargós —dijo Mike Render hojeando el currículum de Manel—. Gemma ha insistido exageradamente en que lo conociera. Me comentó que podría tener grandes ideas para nuestra empresa. Adelante. Tiene cinco minutos.

Mike dejó su reloj de pulsera encima de la mesa como si cronometrase el tiempo.

—Sr. Render, gracias por su tiempo. Iré al grano. La información que tengo, la cual es pública, es que los beneficios de Mac Enterprises se han estancado durante los dos últimos años. Aún no han tenido pérdidas, pero si siguen así un año más podrían entrar en época de recesión.

Manel hizo una pausa corta y siguió:

—Yo no soy partidario de que las empresas en años de crisis se refugien y esperen a que les pase la ola por encima, deseando sufrir el menor daño posible. Al contrario. Creo que es el momento para ser más activos que nunca, de ir al ataque.

»Por eso, y estudiando los activos de la compañía y su historial, yo propondría (y perdone la indiscreción) cerrar la planta de Aranjuez, abrir la fábrica en Malasia, reducir infraestructura en China con previsión de futuros aumentos de sueldo e intensificar el mercado en la India y en Brasil con aperturas a nuevos distribuidores...

Mike Render estaba escuchándole con la boca abierta. Estaba oyendo todo lo que él pensaba, todas las ideas que quería poner en práctica, por fin encontraba a alguien con criterios parecidos a los suyos.

«¿Parecidos?», pensó. «¡Idénticos y esperanzadores! ¡Chico, lo estás bordando! Solo te falta terminar invirtiendo en energías renovables».

Manel hizo una pausa de nuevo en su speech, inclinó el cuerpo encima de la mesa y, acercándose a Mike Render, dijo:

—¿Y sabe lo mejor, Sr. Render? Que todo lo que se ahorre se invertiría en energías renovables, lo que dará un 25% de beneficios después de imponerlos.

Mike Render se lo quedó mirando en silencio,

pensativo. Pulsó el botón de su teléfono.

—Maria, dile a Ramon Ros que suba de inmediato.

Volvió a mirar a Manel y sonrió.

—Chico, felicidades. Me has dejado sorprendido. Tienes unas ideas que concuerdan bastante con mis pensamientos y la política que quiero aplicar a partir de ahora a la empresa. Me hace falta gente como tú a mi lado...

Manel sabía perfectamente todo lo que venía a continuación, solo debía poner cara de sorpresa y de agradecimiento ante su oferta.

—Sr. Render, el Sr. Ros está aquí.

—Gracias, Maria, que pase —contestó Mike Render—. Buenos días, Ramon, a partir de ahora el Sr. Manel Fargós trabajará con nosotros. Quiero que empiece mañana, a tu lado, enseñándole todo. La semana que viene nos reunimos y planificamos —ordenó tendiéndole el currículum de Manel.

Manel, sonriente, miró a su futura víctima, Ramon, quien desapareció de la sala lo más rápido posible, preguntándose el porqué de esa decisión y quién debía ser ese tío.

—Muy bien, Manel, enhorabuena. Espero mucho de ti. Seguiremos hablando —dijo Mike de pie, ofreciéndole la mano—. Por cierto, ¿nos conocemos? Tu cara me suena.

—No, no he tenido la suerte hasta hoy. Muchas gracias, Sr. Render, no le defraudaré.

Manel fue hacia la puerta y, cuando estaba a punto de salir del despacho, Mike comentó:

—¡Ah! Ahora mismo voy a felicitar a Gemma por su buen ojo a la hora de aconsejarme.

Manel se quedó parado ante la puerta, se giró para encarar a Mike y dijo:

—Mmmm... Sí, me olvidaba... De Gemma quería hablarle...

***

Manel salió del despacho contento y con euforia contenida. Pasó por delante de Maria, que se lo miraba con cara de sorpresa mientras hablaba por teléfono.

—¿Gemma? El Sr. Render desea verte de inmediato.

Una vez estuvo en la plana baja, pasó por delante de la sala de espera, donde aún quedaban hombres nerviosos esperando entrevistarse.

«Pobres», pensó con sorna.

De repente oyó una voz que le decía:

—¡Sr. Fargós! ¡Esto es suyo!

Se giró. La chica de la minifalda iba hacia él, ruborizada, con un papelillo doblado que le dio en mano.

—Ah, gracias.

Mientras salía a la calle por la puerta principal de Mac Enterprises desdobló el papel y lo leyó:

Cristina 622347656

Lo volvió a doblar y se lo guardó en el bolsillo de la americana.

«Nunca se sabe», pensó.

Como si nada, ya tenía trabajo. Ya tendría tiempo de pensar qué camino sería el más corto para llegar lo más alto posible. Gracias a su don, podría lograrlo todo.

Sí que es cierto que tampoco se sentía orgulloso de haber enviado a una mujer al paro y posiblemente hundirle la vida, pero no era el momento de pensar en eso, además, seguramente se lo merecía. Él supo jugar sus cartas de manera impecable.

Al salir de Mac Enterprises ya era oscuro. Excitado por su actuación de esa tarde, decidió ir al Casino a celebrarlo. No había ido nunca, pero no veía ningún problema.

Tras identificarse en la entrada, fue observando las diferentes mesas y modalidades de juego. Ruleta, Black Jack, tragaperras… Todo eran juegos donde el azar era casi lo más importante, más que el saber jugar.

De repente vio una sala reservada que quedaba un poco apartada. Una mesa redonda agrupaba a seis hombres que jugaban al póquer.

Como cualquier persona, él tenía nociones básicas de aquel juego. Fue acercándose a la entrada cuando una persona del cuerpo de seguridad lo detuvo.

—Buenas noches, señor. Que sepa que la apuesta mínima es de 200 euros.

Manel enseñó parte de las fichas que había cambiado en la entrada; equivalían a unos 500 euros.

Entró y dio un par de vueltas a la mesa observando a los jugadores. Sobre la mesa se reunían fichas que sumaban alrededor de 1.000 euros.

Empezó a observar las miradas de los jugadores. Visualizaba perfectamente las cartas que tenían y las jugadas que iban a hacer.

Cuando se levantó uno de los participantes tras perderlo todo, se dirigió hacia el maestro de mesa haciendo una seña para preguntarle si podía incorporarse en la partida.

Recibió su consentimiento y se sentó.

Las primeras cartas llegaron frente a él. Las miró. Doble pareja.

Empezó a observar a sus contrincantes. Tríos, dobles parejas...

Pidió una carta, pero se quedó en doble pareja. Al ver que uno de ellos tenía un full pasó de apostar.

A la ronda siguiente vio que el full que tenía era mayor que el de sus contrincantes. Lo apostó todo, los 500 euros encima de la mesa. Triplicó sus ganancias.

Siguió jugando un buen rato. Fue apostando a medida que se veía como ganador, incluso alguna vez apostaba de farol sabiendo qué harían exactamente los demás.

Todo resultaba muy fácil.

Cuando ya llevaba ganados 15.000 euros y más de uno ya había abandonado la partida, cansado de la racha ganadora que tenía ese joven, pensó en irse; al día siguiente tendría su primer día de trabajo y suponía que no le pondrían las cosas fáciles.

Estaba jugando su última partida con desgana cuando apareció por detrás de sus contrincantes una chica de una increíble belleza; rubia con el pelo liso, con un vestido rojo largo ceñido al cuerpo, tacones de aguja y unos preciosos ojos azules. Se paseaba por allí como si en vez de andar levitase.

Se detuvo un momento y miró a Manel mientras encendía un cigarro.

Sus manos y sus suaves movimientos sensuales hicieron que Manel prestara atención a esa mujer durante unos instantes.

«Mmm… A ver si eres tan valiente como guapo y lo apuestas todo», leyó en la mirada de ella.

—¿Alguna apuesta más? —preguntó el crupier.

Manel, con las dos manos, depositó los 15.000 euros en el centro de la mesa.

Absorto por la belleza de la chica, no había podido ver las jugadas de sus contrincantes. Se había lanzado al precipicio sin cuerda.

Cuando se dio cuenta, ya era demasiado tarde. Volvió a centrarse en la partida. Sin saber exactamente qué pasaba, se fueron descubriendo las cartas.

—Gana el señor —dijo el crupier.

Y una infinidad de fichas llegaron frente a él mientras escuchaba algún gemido por parte del resto de jugadores.

Manel se dedicó a recogerlas con la máxima celeridad posible. Dio una ficha de 500 euros al crupier y levantó la vista hacia la chica con expresión satisfecha y triunfadora.

No la encontró. Ya no estaba ahí.

Decepcionado, se retiró de la mesa y, con los bolsillos llenos, se dispuso a abandonar la sala.

Dio otra ficha de 100 euros a la persona de la entrada y salió de nuevo a la sala grande.

De repente escuchó una voz femenina tras de sí.

—Realmente tienes huevos.

Manel se giró.

Ella estaba apoyada en la pared, con los brazos cruzados y fumando un cigarro.

—Sí, y no sabes de lo que soy capaz —dijo Manel mientras se acercaba más de lo normal a ella—. Apostaría todo de nuevo a que te apetecería tomar un Gin.

—¿Cómo lo sabes? —rió ella enseñando unos dientes blancos sacados de una revista.

—¡Tengo poderes! —dijo moviendo las dos manos delante de su cara como si estuviera ensimismado.

—Ja, ja, ja, claro que sí, ya tienes pinta.

La cogió por la cintura y fueron hacia la barra del bar.

—Me gusta tu olor, ¿qué perfume usas? —Manel se acercó a su cuello y aprovechó para besarlo.

—¡No te lo diré! ¡Es importante guardar estos pequeños secretos! —Se hizo la interesante.

—¡Claro! Ya puedes guardar secretos.

«Guapa e inocente, ¡perfecto!», pensó Manel.

—Dos Gins de Citadelle, por favor —pidió él dirigiéndose al camarero.

Estaban sentados de frente en los taburetes de la barra. Él con una mano sobre su pierna, observando su belleza. Todos los gestos de ella parecían estudiados para seducirlo, y lo estaba logrando.

—¿Vienes mucho por aquí? —le preguntó ella.

—La verdad es que es la primera vez, ¿y tú?

—¡Ah! ¿Pero no tenías súper poderes? Va, adivino, atrévete —le retó.

—¿Seguro? Soy muy bueno en esto... Y en otras cosas..., claro.

—Ja, ja, ja... Tendrás que currártelo, no soy nada fácil.

«Más de lo que te piensas», se dijo interiormente Manel.

—¿Preparada? —Le cogió las dos manos—. Bueno, por el vestido que llevas está claro que no trabajas aquí. Por lo tanto, o vienes de una boda o de una reunión importante de trabajo. Apuesto por esta última, ya que las bodas en esta época del año son al exterior y no veo que tus zapatos estén sucios de hierba o polvo del jardín.

—Mmmm —murmuró ella.

—Es evidente que no tienes pareja, porque no habría un hombre capaz de dejarte sola ni un instante. Que eres tremendamente guapa y atractiva, salta a la vista. Que eres absolutamente seductora, se ve en cada movimiento. Que te gustan los hombres que te hagan reír, que tengan poder y que estén por ti, es evidente que a ellos les dedicas tu sensualidad.

—No vas mal encaminado.

—Eres desconfiada, temerosa y consciente de tus limitaciones intelectuales, por eso utilizas tus armas de mujer mejor que nadie.

—Esto ya no me gusta tanto —dijo ella con cara de desaprobación—. ¡Te has pasado!

Manel frenó un poco su análisis sincero –puede que demasiado sincero– de lo que veía en la mirada de esa chica, y lo envolvió de lo que ella deseaba escuchar, mintiéndola.

—No me preguntes por qué, pero noto que eres una chica sensible, que te haces querer, con carácter, y mucho, pero que también eres muy cariñosa. Vaya, la mujer perfecta para tener como pareja.

Ella sonrió. Se lo quedó mirando con aquellos ojos azules que se veían entre sus cabellos rubios. Se tocó el pelo y dijo:

—Tú eres un peligro, sabes lo que desea escuchar una mujer... Me has clavado.

Él le acaricio la mejilla con el reverso de la mano mientras ella cerraba los ojos y se le erizaba la piel, dejando ir la cabeza un poco hacia atrás. Manel se acercó a su oreja y le murmuró:

—Además..., te gusta el sexo tanto como a mí. —Y se fundieron en un profundo beso.

Los labios fueron separándose y, mientras él retiraba el contacto, ella continuaba con los ojos cerrados. Tardó unas décimas de segundo en reaccionar.

—Uf... ¿Cómo lo haces? —resopló ella.

—Pues eso no es todo —dijo en voz baja—. Te llamas... te llamas... mmm, ¿te llamas Mónica?

—¿Cómo es posible? —exclamó ella retirándose —. ¡Eres increíble!

Manel sonreía mientras dirigía la mirada hacia el bolso de ella, donde sobresalía una tarjeta de entrada en la cual ponía su nombre.

Ella volvió a reír y dijo:

—¿Nos vamos?

***

Se despertó a su lado. Hacía tiempo que no sentía aquella sensación. Ella estaba durmiendo. Para sorpresa de él, la seguía viendo tan guapa como en la noche anterior.

Se hubiera quedado más rato a su lado, la hubiese abrazado. Es más, tenía ganas de abrazarla.

«¿Qué me pasa? No me jodas que me estoy enchochando de una chica tras una noche de increíble sexo», se preguntó.

Se levantó y se fue a trabajar sin pensar más en esa estúpida pregunta.

A las dos horas ya la estaba llamando.

Primero se veían dos días a la semana, esos dos días pasaron a ser tres, de los tres, a los cuatro, y así sin parar. Llamadas constantes, whatsapps a todas horas, charlas telefónicas con finales eternos, yo también te quiero repetitivos pero necesarios..., y lo que más sorprendió a Manel es que se encontraba a gusto con eso.

Tenía un sexo inmejorable, una pareja a quien acudir en caso de necesidad, a quien comentar el día a día y, aunque ella contestaba de forma insubstancial, a él le servía para desahogarse.

Manel estaba por ella, le daba en todo momento lo que deseaba, solo debía mirarla a los ojos para que al día siguiente tuviera ese collar de diamantes, esas botas de marca, fueran a ver la película que ella deseaba o fueran a esa tienda que a ella le encantaba.

Ella se sentía mimada y adulada, se sentía la mujer más afortunada del mundo al lado de un poderoso hombre con un futuro empresarial espléndido, y así se lo hacía saber a sus amigas y conocidos.

En el trabajo, Manel se deshizo inmediatamente de su contrincante más directo. Todo el mundo tiene un lado oscuro, y Ramon Ros no era la excepción. Su adicción a la cocaína fue el arma que utilizó Manel en este caso. Lo fue coaccionando con secretos de su drogadicción, hasta que finalmente se sintió obligado a pedir la rescisión de contrato por problemas personales.

Su progreso en la empresa fue meteórico, sus éxitos eran tan sencillos de lograr como decir lo que sus jefes pensaban y avanzarse a sus decisiones. Se podría decir que era como un espionaje industrial sin pruebas que pudieran implicarle.

Su ritmo de vida fue en aumento: coches, barcos, créditos... La ambición se apoderó de él, en parte para satisfacer a Mónica y en parte para satisfacer su ego personal. Había pasado de ser un niño con problemas a un hombre poderoso.

Por último decidió comprarse un ático en una de las mejores zonas de la ciudad. El sueño o necesidad de salir de esa antigua casa y de dejar atrás un pasado oscuro y turbio se hacía realidad.

De un día para otro comunicó a tía Rosa que se iba. Ella, como si ya se lo esperase, no mostró ningún tipo de sentimiento de pena.

Tan solo un abrazo entre ellos y las últimas palabras de ella:

—Ve con cuidado y ya nos veremos.

Todo iba sobre ruedas. Sentía cómo montaba su pequeño imperio. Lo que no sabía era que ese imperio construido encima de una farsa, una farsa que él mismo se había creído, podía derrumbarse en cualquier momento.

EL FRACASO

-5-

—¡Sigue! ¡No pares! ¡Aún no! —gritaba ella encima de Manel.

Los movimientos rítmicos de ella eran cada vez más rápidos, arqueaba el cuerpo hacia detrás y volvía a delante apoyando sus manos sobre el pecho de Manel.

Él veía en sus ojos hasta dónde llegaba, hasta dónde podía aguantar y, cuando veía que Mónica estaba a punto de correrse, se dejaba ir para llegar juntos al orgasmo.

—¡Fantástico! —suspiró ella mientras caía encima de Manel, rendida y empapada de sudor.

Notaba sus pechos erectos encima de él, la cabellera rubia le cubría gran parte de su torso.

Él la abrazó. Estaba exhausta. Notaba sus pulsaciones en su pecho. La respiración iba volviendo poco a poco a la normalidad.

Ya llevaban bastante tiempo juntos y él seguía sintiéndose muy a gusto, estaba muy cómodo con ella. No hacía falta hacer grandes esfuerzos para complacerla, todo se resumía en grandes regalos, sorpresas, fiestas... Puede que todo fuera un poco superficial, pero ¿para qué querían más?

En el fondo, Manel había pensado varias veces que no era el tipo de relación con la que había soñado. Puede que hubiese deseado algo más profundo, pero se sacaba esta idea de la cabeza de inmediato. El trabajo y el ansia de poder no casaban con un tío sensible y honesto, por eso había borrado todo rastro de romanticismo en su vida y... ¡Qué coño! Además, el sexo con ella seguía siendo extraordinario.

Se entendían a la perfección. Hacían una pareja perfecta para ir a fiestas, presentaciones oficiales de la empresa... Él estaba orgulloso de llevar a una mujer tan impresionante, ella estaba entusiasmada de ser el centro de atención de muchos hombres y de acompañar a uno que todo lo que pisaba se convertía en un éxito.

Había transcurrido un rato y seguían en la misma posición.

—Mónica, ¿te has dado cuenta de que llevamos más de dos años juntos? —le dijo mientras la tenía entre sus brazos.

—Sí, cómo pasa el tiempo, ¿no crees?

—¿Sabes una cosa? Creo que te quiero como nunca he querido a nadie —confesó, avergonzado.

Ella no respondió y siguió boca abajo, estirada encima de él.

—¡Eo! ¡Que te he dicho una cosa bonita!... Di algo, ¿no? —dijo Manel mientras le daba un golpecito en el culo.

—Yo también, cariño, yo también —respondió ella en la misma posición.

Pasaron un rato en silencio, recuperándose del agotamiento. De repente, Mónica puso las dos manos en el pecho de Manel y apoyó su mentón sobre ellas, mirándole.

—¿Sabes qué me gustaría, Manel?

—¿Casarte conmigo? Ja, ja, ja —rió él.

—Todo llegará, todo llegará —respondió ella parpadeando con aquellos ojos azules—. Ahora en serio, me haría muchísima ilusión que comprásemos una casita antigua en el Empordà y la reformáramos a nuestro gusto. Todos nuestros amigos van ahí de vacaciones, y no podemos ser menos.

—Sí, estaría bien, cariño, pero debes comprender que ahora estoy con la hipoteca de este ático y pagando el velero... No me puedo meter en más gastos.

—Tienes razón —contestó Mónica retirándose de encima de él y yendo a un lado de la cama, dándole la espalda—. Es una lástima —terminó diciendo en voz baja.

Él se quedó solo boca arriba, desnudo.

La sensación de abandono y de frío le hizo reaccionar de inmediato y, como una oveja que obedece a su pastor, se giró hacia ella y le dijo a la oreja:

—Venga, amor, haré lo que pueda, puede que encontremos alguna casita pequeña y barata.

Con solo escuchar esas palabras, ella sonrió y, aún dándole la espalda, bajó su mano hacia las partes de él para comprobar si había pasado el tiempo suficiente.

***

Como si lo tuviera planeado, Mónica ya tenía varias casas vistas. En cuestión de dos semanas ya estaban firmando la compra, el presupuesto del arquitecto para las reformas y las primeras revistas de muebles de anticuario rondaban por la casa.

Lo que debía ser una casa pequeña y barata se convirtió en una finca grande y lujosa, con las mejores vistas y los muebles rústicos más exclusivos.

De un día para otro, como si no quisiera la cosa, Manel se encontró con otra piedra en la mochila. Necesitaría algo más para poder aligerar esa carga.

Nada más llegar a su despacho a la mañana siguiente de firmar el crédito con el banco, se pasó las dos primeras horas pensando la estrategia para conseguir más dinero y hacer frente a todo lo que le venía encima.

Había de dar un importante salto en el escalafón de la empresa, había de apuntar alto e ir a por todas. Solo había una salida, la vicepresidencia. Objetivo: Teodoro Lacruz.

Buscarle errores, vicios o cualquier otra cosa con la que pudiese chantajearle se hacía difícil. Era un hombre incorruptible, un ejemplo de buen comportamiento, con una perfecta familia en la que ni sus hijos cometían travesuras.

Cuando habían coincidido en algún acto, con los segundos que había tenido para mirarle, no había podido sacar ninguna información de ámbito personal capaz de hacer temblar su cargo. Eso no quería decir que no tuviera ninguna mancha en su carrera, lo único es que debía buscar más adentro.

Con una sola mirada era imposible encontrar su punto débil. Necesitaría más tiempo.

Había de buscar el momento idóneo, lograr estar un buen rato con él, por eso se dedicó durante unos días a estudiar cuáles eran sus hábitos: horas de entrada y salida, recorridos en coche, desayunos, comidas, cenas, amistades... Lo anotaba todo en su agenda para poder encontrar así el momento adecuado.

El día llegó.

Cada mañana a las 10:30 horas, Teodoro Lacruz bajaba al bar a tomar un café y estaba media hora leyendo La Razón, tiempo suficiente para escanearle.

Puntual como siempre. La misma mesa. El mismo ritual. Teodoro Lacruz estaba sentado en su sitio preferido.

Manel pidió un cortado y se aproximó a la mesa del señor Lacruz. Acababa de sentarse y aún no había abierto el diario, era una buena oportunidad.

—Buenos días, señor Lacruz —dijo Manel—. ¿Me permite sentarme con usted? Quería aprovechar la ocasión para tener un intercambio de impresiones con usted sobre ciertas dudas que tengo en la expansión del mercado sudamericano.

—Bien, señor Fargós, pero preferiría que acudiera a mi despacho, ahora es mi pequeño descanso. Pida hora a Natalia, mi secretaria, y podremos hablarlo cuando quiera —contestó Lacruz con una media sonrisa, sacándoselo de encima.

—Comprendo, sé que no es el momento, pero el señor Mike Render me ha ordenado que lo comentara con usted de inmediato y preparara un informe para esta tarde —mintió Manel.

—Sssschh... Usted dirá... —asintió mientras daba un sorbo a su café.

Manel le observaba. No veía nada nuevo; familia, niños, proyectos de trabajo conocidos por todos, ideas que ya compartía con Mike Render... No encontraba nada, ni ambición de poder, ni amantes jovencitas... De hecho, no miraba ni películas porno de escondidas.

«¡Joder! Qué angelito», pensó Manel.

Debía alargarlo el máximo tiempo posible para poder introducirse más dentro de él.

—Es sobre el mercado latinoamericano. Según los estudios de mercado que realizamos, nuestro producto tiene menos aceptación que nuestra competencia americana. ¿A qué cree que se debe? Como empresa española, nuestra incursión en el mercado tendría que ser más fácil debido al habla hispana, y por el contrario...

Lacruz volvió a sorber su café y, escuchando con cierta desgana a Manel, abrió el diario, sacó unas gafas de leer del bolsillo de su americana y se puso a hojear el diario.

—Siga, siga..., le escucho —dijo empezando a

leer el diario por la última página.

El nerviosismo empezaba a aparecer en Manel. No había manera de sacar información confidencial a ese hombre. Intensificó su mirada.

De repente vio algo interesante, algo escondido en la memoria de ese hombre. Estaba borroso. Según cómo se situara el reflejo de las luces del bar en las gafas del hombre, era imposible verle los ojos.

Manel seguía hablando sobre el mercado sudamericano con frases inconexas y vacías, moviéndose de un lado a otro de la silla buscando el mejor ángulo para que no se reflejara la luz en los cristales de Teodoro.

«Armario, despacho, documentación, confidencial...», leía apenas Manel.

No podía mantener aquella conversación inconexa mucho tiempo más. Lacruz se había dado cuenta de los movimientos de Manel. Empezaba a sospechar y a mirarlo de una forma extraña.

—Bueno, señor Fargós, disculpe, pero tengo que irme —dijo mientras doblaba el diario.

Lacruz se levantó y, mientras iba hablando, rodeó la mesa y se puso detrás suyo.

Manel notó cómo Lacruz le daba un golpecito con el diario en el hombro y se inclinó hacia él por detrás suyo.

El olor a colonia Hermes entró por la nariz de Manel. Estaba inmóvil mientras escuchaba ese silencio que, de seguro, no traía nada bueno.

—Sinceramente, me sorprende la estima que le tiene el señor Mike Render, y no termino de entender su ascenso meteórico en la empresa. Es como si sus compañeros de trabajo le hayan dejado una autopista hasta la cima. Curioso.

»He estado observándolo, me he informado. No sé cómo lo hace, cómo consigue averiguar información para chantajear a sus rivales... Pero, créame, el viernes presento un informe a Mike y ya puede dar por acabada su labor en la empresa y en el sector. Es su fin.

Teodoro Lacruz dio de nuevo dos golpecitos en el hombro de Manel con el diario y siguió:

—¡Ah! La respuesta a su pregunta es fácil... El producto americano es mucho mejor que el nuestro y es más barato. Solo hace falta ver el catálogo.

Se alejó dos pasos, se giró hacia él y, con los brazos abiertos, dijo:

—Por cierto..., el próximo en la lista era yo, ¿no?

Manel se lo quedó mirando, perplejo, sin poder abrir la boca. La mirada provocadora de Lacruz lo dejó mudo.

—Disfrute de sus últimas horas en Mac Entreprises. Adiós.

Y se fue.

Manel se quedó sentado en la silla con el cortado delante de él, ya frío. Estaba temblando, paralizado.

Enseguida se dio cuenta del peligro que suponía esa situación. No había logrado ninguna información para utilizarla en contra de él y poder coaccionarle.

Lacruz se reunía cada viernes con Mike, le comentaría su incoherente conversación y se darían cuenta que la orden que en teoría había dado Mike era mentira, y lo peor era que había preparado un informe en su contra para hundirle y separarle definitivamente de cualquier opción en la compañía y, seguramente, de cualquier empresa importante del sector.

Estaba atrapado. Por primera vez en muchos años sentía la presión. Se aflojó el nudo de la corbata, se secó las manos sudadas con la servilleta mientras el móvil vibraba encima de la mesa.

Era un *whatsapp* de Mónica donde se leía:

¡Cariño! Todo muy bien por el Empordà. Las obras perfecto. Con el arquitecto hemos encontrado una estantería preciosa, un poco cara, xo te va a encantar. ¡Espero que estés on fire! Bstos.

Definitivamente había de actuar de inmediato.

Con la mente oscurecida por el nerviosismo, salió antes del trabajo.

Cogió su *Porsche Cayenne* del garaje de las oficinas y se fue directamente al gimnasio. Entró intentando mantener la calma y se dirigió hacia las mujeres de recepción.

—Buenas tardes, señor Fargós, ¿qué desea? ¿Pista de pádel?

—No, hoy no. Iré a la sauna un buen rato y quiero reservar la máquina del solarium de 20:30 a 21h. —dijo Manel mientras golpeaba con sus dedos encima de la mesa.

—Muy bien, le apunto, entonces. ¿Quiere decir que no es mucho tiempo media hora de...?

—No se preocupe, aguanto muy bien el calor. Y anote bien el nombre, Manel Fargós.

—¡Ya está anotada! Espero que tenga una buena tarde, señor Fargós —dijo educadamente la recepcionista.

En cuanto entró en el vestidor, dejó su bolsa en la taquilla y salió del gimnasio por la puerta de atrás, yendo de nuevo hacia el garaje sin que nadie le pudiese ver.

***

Como cada jueves al salir del trabajo, Teodoro Lacruz iba a buscar a su hijo pequeño a la salida del entrenamiento de fútbol.

El campo se encontraba a las afueras de Barcelona. Era una zona poco transitada a aquella hora, ya que se encontraba al lado de un centro comercial, el cual ya estaba cerrado.

Acostumbraba a aparcar su coche en el parking exterior de los grandes almacenes y andaba unos cien metros hasta la entrada del club.

Manel llegó ahí hacia las 20:15. Se detuvo, camuflado entre dos coches más pequeños, y esperó que Lacruz hiciera acto de presencia.

Si no fallaba nada, a las 20:30 llegaría, como siempre.

Los nervios acumulados le hacían hacer cosas extrañas. Se mordía las pieles de las uñas –cosa que nunca había hecho antes–, se rascaba constantemente el cuero cabelludo y miraba una y otra vez su reloj.

El sudor estaba presente en su camisa. El nudo de la corbata no existía. La americana estaba tirada de cualquier forma en el asiento de detrás, totalmente arrugada.

Manel estaba inmóvil con la mirada fija en el sitio en el que solía aparcar Lacruz.

El motor del coche estaba apagado. Las dos manos encima del volante. Durante todo ese tiempo, Manel solo pensaba que Teodoro Lacruz podía derrumbar todo lo que había construido. Era otra piedra en el camino y la debía eliminar. Por él, por Mónica y por todas las cosas que quería conseguir.

Todo había llegado al límite, no había ninguna otra solución, no tenía ninguna otra manera de hacerlo.

La oscuridad se apoderó del aparcamiento. La luz de las farolas era tenue y amarillenta. La soledad del parking facilitaba el objetivo de Manel.

Finalmente llegó un Land Rover blanco. Era él.

Aparcó donde normalmente lo hacía y bajó del coche. Los dos intermitentes se encendieron indicando que había cerrado el coche.

Lacruz empezó a andar lentamente hacia la puerta del club.

Manel encendió el motor del coche. Movió sus manos apretando más el volante. Puso primera y arrancó lentamente sin encender las luces.

Salió de su escondite y tiró hacia delante. Fue acercándose a velocidad reducida para no hacer ruido.

A unos 50 metros veía la espalda de Teodoro Lacruz.

En aquel instante Manel pisó a fondo el acelerador. El motor del coche rugió como un león y salió hacia su presa.

Manel cogió fuerte el volante mientras gritaba dentro del coche como un loco y con la mente oscurecida.

—¡Aaaaaaaaahhhhhhhhh!

La aceleración del coche era brutal, en pocas décimas de segundo estaba a unos metros de la víctima.

Teodoro solo tuvo tiempo para girar su cabeza en dirección al ruido que salía de la oscuridad y ver cómo el morro de un coche enorme se le venía encima.

La sorpresa y el pánico le dejaron inmóvil, sin ser capaz de reaccionar. Solo levantó una mano instintivamente, como pidiendo que se detuviera mientras gritaba.

—¡Noooooo!

Cuando Manel tenía el objetivo a pocos metros, en su cerebro aparecieron imágenes de los hijos de Teodoro y de su mujer. Recordó cómo lo había pasado él sin un padre que le ayudase a tirar hacia delante, y se dio cuenta del error que estaba a punto de cometer.

—¡¿Pero qué estoy haciendo?!

A pocos centímetros de Teodoro, dio un giro al volante, pasando a poca distancia del inmóvil Lacruz, y desapareció a toda velocidad en la oscuridad.

Teodoro se quedó parado como una estatua. Seguía aún con la mano levantada como si de un policía se tratara, mientras que a su espalda el coche se alejaba a toda velocidad, adentrándose en la noche.

Tardó unos segundos en reaccionar.

—¡Hijo de puta! —chilló—. ¡Ojalá te estrelles!

***

Manel condujo un buen rato perplejo por lo que había tratado de hacer y que por suerte no había sido capaz de ello.

Paró el coche. Se apoyó en el volante y se puso a llorar. Todo tenía un precio, pero no la vida de alguien.

Reflexionó unos instantes, pensó en Mónica y en lo que podía llegar a perder. No tenía tiempo.

Había de actuar, pero no de esa forma; él no era un asesino.

Miró su reloj. Las 21h. Ya era igual, la coartada del gimnasio no le hacía falta.

Buscaba una solución a sus problemas. Había de evitar de alguna forma menos drástica pero igual de eficaz que su carrera profesional no quedase truncada al día siguiente.

Recordó las pobres imágenes que había conseguido de la mente de Lacruz. Unos documentos confidenciales, un archivo en su despacho...

Era su última oportunidad.

En lugar de dirigirse al gimnasio, giró hacia las oficinas de Mac Enterprises.

Las oficinas ya estaban cerradas, solo quedaban cuatro becarios a los que se les había encargado trabajo de última hora.

También estaban el personal de limpieza y, cómo no, el guarda de seguridad en el hall de la entrada.

—Buenas noches, señor Fargós —dijo el

vigilante.

—Hola —respondió Manel dirigiéndose al libro para firmar la hoja de entradas.

—¿Se ha dejado algo en su despacho? —preguntó de forma amigable para darle conversación.

—Eh… mmm… Sí, sí, será solo un momento —respondió Manel.

El guarda de seguridad no dio importancia al aspecto desmejorado de Manel, ni a lo sudado que iba ni a la poca simpatía que mostraba, a la cual ya estaba acostumbrado el guarda.

Manel esperaba el ascensor mientras se golpeaba la pierna con la mano. Apretó el botón más veces de lo normal como si eso hiciera bajar más rápido la máquina.

—¡Venga, coño! —murmuró Manel.

—Si necesita algo, llámeme por la línea interior —gritó el vigilante mientras el pitido del ascensor indicaba que las puertas se abrían.

—Ok, ok… —respondió Manel mientras las puertas de la cabina se cerraban para dejar atrás el hall.

——Sí, sí…, llama, que te ayudará tu puta madre… Imbécil engreído —dijo en voz baja el guarda mientras volvía a prestar atención a la Playboy que tenía debajo de la mesa cuando las luces del ascensor indicaron que el aparato empezaba a subir.

Manel fue directamente a la planta doce, le era indiferente si el vigilante comprobaba que no era su despacho. No tenía tiempo para cuidar los detalles, era el todo o nada. O salía con información suficiente de Mac Enterprises para hundir a Lacruz o al día siguiente sería hombre muerto profesionalmente hablando, y ya no importaría que le hubiesen visto entrar en despachos que no eran el suyo.

Llegó al despacho de Teodoro Lacruz. Se quedó mirando la placa de la puerta donde ponía "Vicepresidente". Esto le hizo recordar cuál era su objetivo. Giró el pomo de la puerta, pero estaba cerrada con llave. Volvió a intentarlo con más fuerza. Nada, imposible.

Se dirigió hacia la mesa de Natalia, la secretaria de Teodoro. Encima de la mesa encontró un abrecartas lo suficientemente fuerte para tratar de hacer palanca.

Se dirigió de nuevo a la puerta del despacho, insertó la punta del abrecartas en el pomo y, con un fuerte golpe, lo rompió. La puerta se abrió con la inercia del golpe. Manel se quedó parado en la entrada. Giró la cabeza y vio cómo una cámara de seguridad del pasillo le estaba registrando.

«¿Y qué más da?», se preguntó. Ya había llegado hasta aquí. No había nada que lo parase.

Entró. Primero abrió todos los cajones de la mesa de Lacruz. Papeles y más papeles intrascendentales. Talonarios. Plumas. Nada fuera de lo normal.

Mientras, las fotos de los hijos y la mujer del señor Lacruz lo observaban impertérritos desde encima de la mesa.

—¡Mierda!

Se llevó las manos a la cabeza. Dio vueltas sobre sí mismo, observando el despacho y pensando dónde podría esconder información ese cabrón.

Cerró los ojos unos instantes. Inspiró hondo y retrocedió recordando la conversación que había mantenido en el bar con Lacruz.

Armario, despacho, información confidencial...

Forzó su mente al máximo y visualizó un pequeño armario metálico. ¿Pero dónde estaba?

Volvió a girar sobre sí mismo. De repente, el ruido de una pompa de agua hizo que girase la cabeza hacia la puerta. El ruido provenía de una máquina de agua que se había hecho instalar Teodoro en su despacho. Estaba situada encima de una columna rectangular cubierta por una tela roja.

«No se puede ser más hortera», pensó Manel.

Instintivamente, dominado por la curiosidad, se dirigió hacia la máquina, se agachó y levantó el mantelito que cubría la columna.

—*Surprise* —exclamó Manel.

El pequeño armario metálico estaba ahí, haciendo de columna.

El cajón estaba cerrado con llave, cosa que no impidió que lo forzara con el abridor de cartas de Natalia.

Había unas carpetas con extractos bancarios, fotocopias y documentos. Optó por cogerlos todos y salir corriendo.

Aquella noche tenía trabajo.

* * *

Llegó a casa en tiempo récord. Sin sacarse la americana desparramó todos los documentos sobre la mesa del comedor y los fue ordenando mientras se deshacía el nudo de la corbata.

El móvil volvió a sonar. Otro *whatsapp* de Mónica.

Buenas noches, guapo. Ahora cenando en Begur con el arquitecto decidiendo colores pared. Recomienda una pintura veneciana preciosa azul Empordà. Mañana vuelvo y vamos a cenar y te pongo al día. Cómo debes disfrutar solito sin mí, eh, ligón? Bstos.

Manel lo leyó y le contestó de inmediato mientras iba a la cocina a por una cerveza.

Hola, amor, muy atareado, pero espero tener buenas noticias para mañana. Te quiero. Beso enorme.

Dejó el móvil a un lado de la mesa y se sumergió en el papeleo para buscar la llave que le abriera la puerta de la vicepresidencia.

***

Sonó el despertador muy temprano. Había dormido pocas horas, pero estaba muy excitado por lo que había encontrado, y las ganas de llegar al despacho y entrevistarse con Mike Render le hacían sentir una energía fuera de lo habitual.

La mejor americana. La mejor corbata. El andar más decidido.

Su entrada en el hall de Mac Enterprises recordaba la entrada de las legiones romanas a Roma a través del Arco de Triunfo tras una gran victoria. Manel caminaba más derecho que nunca, con el rostro en alto y con una sonrisa confiada.

Subió directamente a la planta trece. Se paró delante de la mesa de Maria.

—Buenos días, Maria. Dile al señor Render que quiero verle de inmediato. Es muy urgente —dijo Manel con un tono serio y convincente.

—Sr. Fargós. El senyor Render hace rato que le está esperando —respondió Maria con una media sonrisa sospechosa.

Manel se quedó parado al escuchar esa respuesta, pero no tenía tiempo para pensar en las posibilidades. Los documentos que llevaba debajo el brazo eran suficientemente concluyentes para deshacer cualquier trama en contra de él.

Se dirigió hacia la gran puerta de madera y la abrió tras llamar un par de veces.

Vio de inmediato a Mike sentado en su sillón de piel con semblante serio.

—Buenos días, Sr. Render —dijo Manel mientras se acercaba a la mesa de Mike con su carpeta bajo el brazo.

—Hola, Manel —contestó Mike con un tono distinto al habitual.

—Seguramente le habrán llegado informes diciendo tonterías sobre mí —dijo Manel decidido a destapar todo esa mierda—. Incluso, seguramente le habrán llegado cintas de vídeo del departamento de seguridad donde se me ve entrando en despachos que no son el mío, pero me he visto obligado a hacerlo para desenmascarar la corrupción que hay dentro de Mac Enterprises.

»Mike, créeme, ¡te están robando! Estos documentos —siguió hablando mientras mostraba la carpeta, levantándola— demuestran que Teodoro Lacruz ha desviado 7 millones de euros a una cuenta de las islas Caimán. Mike, tienes el enemigo en casa...

Mike Render seguía impertérrito, sentado en su sillón con las manos apoyadas en sus sienes y los dedos entrelazados.

Manel calló por unos instantes, sorprendido por el poco efecto que habían tenido sus palabras.

De repente sintió unos aplausos que provenían de detrás suyo.

Manel se giró de golpe.

En el otro extremo del despacho estaba Teodoro Lacruz, sentado en un sofá, con una copa de coñac a su lado y aplaudiendo cada vez más lento.

Lo peor de todo fue ver esa sonrisa vencedora en el rostro de su enemigo.

Manel se volvió a girar rápidamente hacia Mike.

—Mike, no hagas caso a las palabras de Lacruz. Créeme, te esta roba...

No pudo terminar la frase. Mike Render había retirado las manos de delante de sus ojos y Manel pudo leer enseguida su interior.

«Pero qué burro eres, chico. Yo también estoy involucrado en esta desviación de dinero. Soy partícipe de esta trama».

Manel dejó caer los papeles al suelo. Los brazos caídos. La mirada fija en aquella alfombra persa. Ese olor a derrota. No sabia qué debía hacer. Se quería fundir, desaparecer... De repente notó dos golpecitos en el hombro, ese gesto que tan malos recuerdos le traía.

El olor a Hermes volvió a penetrar sus fosas nasales y esa voz le removió las entrañas mientras escuchaba:

—Sr. Fargós, aquí tiene la demanda por espionaje industrial a Mac Enterprises, no se la olvide ahora al salir. ¡Ah! Y le recuerdo que está bajo pena de cárcel o, si lo prefiere, podríamos llegar a un acuerdo por... no sé... ¿unos seiscientos mil euros?

Las palabras de Lacruz terminaron de hundir a Manel. Cogió la demanda y, sin mirar atrás, salió del despacho, maldiciendo no haber atropellado con su coche a ese saco de mierda el día anterior.

***

El viaje de vuelta a casa fue lento. Más de una vez tuvieron que avisarle los coches de detrás cuando se quedaba parado en un semáforo al ponerse en verde.

Mentalmente agotado y derrotado, intentaba buscar una solución rápida para evitar el primer golpe, la prisión. Debía vender el ático y el velero, tirar atrás la hipoteca de la masía del Empordà y empezar de nuevo... ¿En otra ciudad? ¿En otro país?

Suerte que aún le quedaba Mónica. Ella le daría fuerzas para seguir hacia adelante con otros sueños, otros proyectos. Le entraron unas ganas irresistibles de abrazarla, de estar a su lado. Necesitaba su apoyo, necesitaba verla enseguida.

Aceleró la marcha hacia la casa de Mónica.

—Cariño, soy yo. Ábreme —dijo Manel por el portero automático.

—¡Ah! ¿Eres tú? —Y la puerta se abrió.

Cogió el ascensor hacia el tercer piso. Al llegar al rellano, se encontró la puerta medio abierta.

—¿Mónica? —dijo Manel desde la entrada.

—Pasa, cariño, ahora salgo del baño —escuchó desde dentro.

Manel entró decidido a explicarle toda la verdad.

Mónica salió envuelta en su albornoz mientras se secaba el cabello con una toalla.

—Guapo, avisa con más antelación la próxima vez —dijo mientras se acercaba a él sin levantar la cabeza y secándose la nuca mojada.

Manel no se pudo reprimir más y se abrazó a ella de inmediato.

—¿Pero qué te pasa? —preguntó.

Manel no podía articular ni una palabra y empezó a llorar apoyando la cabeza sobre su hombro. Por primera vez era él quien la necesitaba, y se sentía a gusto abrazándola. Tenía suerte de poder contar con ella.

Cogió fuerzas para poder explicarle. Dejó de llorar y se separó de ella, cogiéndole los hombros con las manos. Se plantó delante suyo. La miró a los ojos y, cuando iba a explicarle la verdad, vio que hacía unos minutos Mónica había estado haciendo el amor con el arquitecto y que aquella aventura hacía más de un mes que había empezado.

Manel fue retrocediendo lentamente, cuanto más la miraba más veía cómo había gozado en manos de otro.

Andaba hacia atrás, mirándola. Levantó la mano mientras decía:

—No, tú no, por favor.

Mónica no entendía nada.

—¿Pero qué te pasa? ¿Se te ha roto el coche? ¿Te lo han robado?

Manel cerró la puerta tras de sí lo más fuerte que pudo.

***

Sentado en el coche se sintió muy solo. Abandonado, como cuando era pequeño. Como cuando murió su madre o como cuando su padre se largó.

Necesitaba a alguien.

Solo le quedava una persona.

Encendió el coche y se puso en marcha en busca de esa persona antes de que fuera demasiado tarde.

EL AMOR

-6-

Detuvo el coche delante de esa casa. Hacía mucho tiempo que no pisaba esa zona de la ciudad. Tenía recuerdos turbios, recuerdos amargos, pero era lo único que le quedaba.

La torre estaba exteriormente abandonada, el jardín no estaba cuidado y las malas hierbas se habían apoderada de casi todo el terreno.

Abrió la verja de hierro oxidado de la entrada; las piedras y hierbas impedían abrirla del todo. Entró de lado, tratando de no ensuciarse la americana. Andaba siguiendo las piedras que marcaban el camino hacia la puerta de la casa. Se detuvo un momento en medio del camino para mirar ese árbol que aún aguantaba de pie al fondo del jardín; tenía una rama rota, pero más arriba todavía conservaba aquella pequeña cabaña hecha con cuatro listones de madera que había construido de pequeño. Tragó saliva y siguió su camino.

Estaba cerrada. Instintivamente puso la mano detrás de la jardinera que se encontraba a su derecha y sacó una llave. Era como si no hubiera pasado el tiempo.

Sopló para limpiar el polvo y la arena de la llave y abrió.

La puerta gimió como un gato viejo. El olor a cerrado era muy fuerte. Las partículas de polvo se veían flotando en el aire gracias a la luz que entraba por la glorieta del comedor.

Entró lentamente. El único sonido era el crujido

de la madera al andar. Se quedó parado en la entrada del comedor. Allí estaba, sentada en ese sillón.

Había envejecido. Llevaba los cabellos blancos recogidos. La cara estaba completamente llena de arrugas. Las mismas gafas de siempre. Vestida de negro y con un bastón apoyado en el sofá.

—Hacía tiempo que te esperaba, Manel —dijo con voz trémula.

Manel se acercó, se arrodilló delante suyo y apoyó la cabeza en las piernas de ella.

—Lo siento…, tía Rosa.

Estuvieron un buen rato en silencio, él todavía estaba de rodillas y ella le acariciaba la cabeza con sus arrugadas manos.

—Manel —dijo tía Rosa rompiendo el silencio —, me prometí una cosa hace muchos años: no contarte la verdad hasta que no llegase el momento y estuvieras preparado. Sabía que tarde o temprano vendrías aquí. Llevo años viniendo cada día para esperarte, y el tiempo ha terminado dándome la razón.

—¿Qué verdad? —preguntó Manel.

Tía Rosa calló durante unos instantes. Paró de acariciarle la cabeza y dijo:

—Manel, por favor, mírame.

Manel, aún apoyado en la falda de su tía, abrió los ojos, sorprendido por aquellas palabras. Se puso delante de ella con las dos manos encima de sus delgadas piernas envueltas por esas medias negras. La miró.

Con la mano temblando, ella empezó a sacarse las gafas.

Detrás de aquellas arrugas, dentro de pequeñas montañas con miles de caminos, había unos ojos brillantes, azules como el mar y llenos de vida.

Sobraban las palabras, tía Rosa se dejaba leer todo lo que él necesitaba saber.

Manel se los miró y vio en ellos toda la verdad, la cual se le había escondido durante años.

Una dura verdad, una verdad triste, pero una verdad que le ayudaría a entender muchas cosas.

Entendió por qué su padre siempre se mantenía al margen de los grupos, por qué se quedaba arrinconado en sitios insospechados, por qué siempre estaba en la habitación a oscuras…, por qué desapareció de golpe.

Su padre no pudo soportar ser distinto. No pudo saber qué le pasaba y no fue lo suficientemente fuerte para superarlo.

Finalmente, Manel supo la verdad. Su padre no lo había abandonado para ir a América del Sur a trabajar, tal y como le había dicho. Era una verdad incluso más dolorosa, pero al menos le permitía cerrar un ciclo: le habían encontrado colgado en un árbol de las montañas de Collserola quince días más tarde de su partida.

Con lágrimas en los ojos, Manel continuaba mirando a su tía. El azul lloroso de ella seguía enviándole información.

Manel se levantó. Tía Rosa hizo un gesto afirmativo con la cabeza y dijo:

—Sí, Manel, ve.

Se giró hacia las escaleras y subió al primer piso. Se detuvo delante de esa puerta que hacía años que no abría, donde hacía tanto tiempo que no pedía permiso para entrar, donde los recuerdos de su padre se guardaban intactos a pesar del transcurso de los años.

La abrió. Era como retroceder treinta años de golpe. La misma cama, las mismas cortinas, el mismo armario, la misma cómoda.

Subió la persiana. La claridad lo dejó deslumbrado durante unos instantes.

Al recuperar la visión, fue directamente a la cómoda. Guiado por lo que había visto en la mirada de su tía, sacó unas llaves de dentro de una cajita que estaba encima del mueble.

Puso la llave dentro de la cerradura del primer cajón y la giró. Los asideros de bronce le ayudaron a abrirlo, aunque con cierta dificultad.

Allí estaba. Un sobre. Un sobre amarillento, maltrecho por el paso del tiempo, en donde estaba escrito con tinta de pluma su nombre, Manel.

Lo cogió. Sin dejar de mirarlo, fue retrocediendo hasta chocar con la cama y se sentó encima de ella.

Lo abrió con cuidado, no quería dañar el único recuerdo que podría tener de su padre. Sacó una carta de dentro y la desdobló con mucha delicadeza.

Estaba escrita a mano. La letra tenía una caligrafía antigua y perfectamente alineada.

Manel tragó la poca saliva que le quedaba y se puso a leerla.

Manel, hijo mío,

No sé por dónde empezar. De hecho no sé ni cuándo vas a leer esta carta, ni si llegarás a leerla algún día. Solo quiero que sepas que te quiero, te quiero muchísimo.

Pero espero que entiendas que llevo muchos años en la oscuridad, muchos años viendo cosas que no quiero ver. No tengo fuerzas para seguir, no tengo ganas para tirar adelante.

He visto sufrir a tu madre hasta el último momento, he sentido su dolor, el dolor físico de la enfermedad y el dolor de haber tenido un hijo y no poder verlo nunca más.

Con ella se fue gran parte de mí.

Hoy te he tenido delante. He visto cómo un niño de siete años reclamaba la atención de su padre, no solo con sus palabras, sino también con sus pensamientos, sin obtener ninguna respuesta a cambio.

Me he dado cuenta de que soy una carga en vez de una ayuda para ti. No querría verte sufrir.

No veo solución a mis problemas y me veo incapaz de actuar como padre.

Comprende mi decisión. Soy distinto, no tengo sitio en este mundo, quiero estar al lado de tu madre y no hacerte daño.

Estoy en el momento y en el lugar equivocado.

Te quiero y, sobre todo..., perdóname.

M. Fargós

Manel se quedó lleno de dudas unos instantes. Su reacción estaba entre el odio y el agradecimiento.

Odio hacia su padre por no haberle querido lo

suficiente como para tratar de vencer sus problemas a su lado y dejarlo solo desde tan pequeño, y de agradecimiento por dedicarle sus últimos pensamientos en forma de carta.

La rabia contenida le llevó a coger la carta con una mano y el mechero con la otra. Hubiese quemado la carta al instante, pero no tuvo el valor de hacerlo.

Era la carta de un hombre enfermo, deprimido ante la pérdida de una mujer a la que quería y enloquecido por una circunstancia irreal a la que no supo hacer frente.

Era el único recuerdo que tenía de su padre, las únicas palabras de amor que tendría de su familia. No podía deshacerse de ella.

La volvió a doblar con cuidado, la puso dentro del sobre y se la guardó dentro de su americana.

Volvió hacia la cómoda para ver si encontraba algo más. En uno de los rincones del cajón había unas gafas. Esas gafas negras que tantas veces le había visto a su padre. Las cogió con mucho cuidado y se las puso.

Pasado un rato, bajó. Tía Rosa ya no estaba ahí.

Empezó a subir las persianas y a abrir las ventanas para airear el ambiente.

Se cruzó de brazos en medio de la sala, giró 360 grados y vio bien claro que a su nueva casa le hacía falta un lavado de cara.

Tenía claro que a partir de entonces comenzaba

un nuevo camino. Solo había de intentar que fuera lo menos incierto posible.

***

Pasaron un par de meses antes de poder hacer frente a la cantidad de la demanda. Malvendió sus pertenencias rápidamente y llegó a la cantidad justa exigida por los abogados. Había evitado la prisión.

Más tarde pudo conseguir su primera entrevista de trabajo. Se trataba de una empresa pequeña de impresión digital. Falseó el currículum rebajando las notas de su expediente académico y cambiando el nombre de la empresa donde había trabajado. No quería que el nombre de Mac Enterprises saliese en ningún sitio.

—Hola, Manel, perdona el desorden de mi mesa, tengo una cantidad enorme de trabajo atrasado y, ya sabes…, aquí tengo que hacer de todo, desde jefe hasta mozo de almacén —rió Roberto, propietario de la empresa.

»Bueno, ya sabes que no solo quiero una persona que me lleve los números, también me gustaría alguien que se integrara en la empresa con humildad y estuviera dispuesto a hacer un poco de todo. No puedo prometerte un sueldo alto, pero aquí serás bien tratado, y con los años pienso que podrás progresar poco a poco. ¿Te gusta la propuesta?

—Perfecto, en serio, estoy contento de que me des esta oportunidad, no te defraudaré —respondió Manel mientras se levantaba y alargaba el brazo para estrechar la mano a Roberto, a modo de acuerdo.

—¿Empiezas mañana?

—No, prefiero empezar hoy mismo para ir conociendo la empresa —respondió Manel satisfecho.

—¡Vale! Por cierto, Manel, para ir por aquí dentro no te hacen falta esas gafas. ¿Ya ves con esos cristales tan oscuros?

—Mmm... espero que no te moleste, pero es que tengo problemas en la vista con las luces fluorescentes y los focos, prefiero llevarlas siempre —respondió Manel mientras se dirigía hacia el ordenador.

—¡Tú mismo! ¡Mientras no te estrelles con las máquinas! —rió Roberto.

Manel empezó a reconstruir su vida de la nada. Arregló la casa él mismo, pintó las paredes, compró algún mueble de forma escalonada, trabajaba de día en la empresa y de noche reformando su casa.

Más tarde empezó a tener vida social. Antiguos amigos de la escuela le abrieron las puertas a ambientes que él antes había menospreciado.

Se sentía tranquilo. Salía siempre de casa con sus gafas y trataba de no mirar a nadie a los ojos en caso de no llevarlas.

Se había terminado el jugar con ventaja, de nada le había servido, ni en el trabajo ni en el amor. No quería saber nada sobre los demás si es que ellos no querían que lo supiese.

Empezaba a ser él mismo y, aunque muchas veces echaba de menos el sexo y el amor de Mónica, su traición le hacía despertar de golpe del ensimismamiento.

Y llegó ese verano.

***

Todavía no sabía por qué ni cómo había aceptado ir a ese viaje. Sus amigos le habían convencido. Varios días en un velero por Ses illes era una prueba de fuego suficiente para valorar su estado anímico y de convivencia con la demás gente.

La verdad es que en algunos momentos del viaje se sentía contento de haber ido. Había momentos y lugares paradisíacos que abrían la mente a pensar y a gozar, como aquellas playas de aguas turquesas y con reminiscencia de salvajismo.

Con la lancha auxiliar, habían llegado a una playa donde se reunían personas de todo tipo para tomar un mojito en la arena mientras veían una increíble puesta de sol.

Algunas personas estaban sentadas en el suelo, hablando con más de una copa en el estómago, riendo y disfrutando del momento, otros preferían estar con la pareja esperando a que el sol se escondiese por el horizonte, y otros no verían la puesta del sol porque ya estaban muy borrachos o estaban deleitándose con su pareja delante de la otra gente, sin vergüenza.

Él se separó de sus amigos durante un rato. Con

un vaso en la mano, iba deambulando por la arena, observando a la gente.

Quería alejarse un poco de la multitud para poder disfrutar por unos instantes de la soledad que había echado de menos durante esos días, encima de un velero de diecisiete metros y conviviendo con ocho personas.

Andaba con cuidado para no tropezar con alguna pareja y caerles encima, probando de esa forma un trío involuntario que seguramente sería rehusado por los participantes.

Cuando localizó el espacio idóneo donde sentarse y abstraerse, la vio.

En un extremo. Sola. Sentada mirando fijamente al horizonte. Con las dos manos abrazando sus piernas. La blusa blanca medio desabrochada cubría parte de ellas y dejaba ver unas pantorrillas perfectas, estilizadas. Sus pies estaban hundidos en la arena.

Sus rubios cabellos se movían ligeramente por la brisa; dos trenzas se juntaban por detrás y evitaban que se perdiera el orden maravilloso que tenía esa imagen.

El collar ibicenco colgaba de forma sinuosa entre los dos pechos que se insinuaban en los pequeños vaivenes de la blusa, provocados por el aire.

Sus ojos verdes miraban, impertérritos, hacia delante, siguiendo la dirección marcada por aquella nariz perfecta que, junto a sus gruesos labios, la hacían la chica más preciosa que había visto nunca.

No sabía si era la luz del momento, el color de la piel en agosto o el mojito que había empezado a tomar, pero se quedó embobado mirándola desde la distancia.

No sabía si acercarse, cómo empezar una conversación con ella o cómo presentarse. Todo eran dudas e indecisiones. Seguramente era demasiado preciosa y joven para él, seguro que una chica como ella tenía pareja. ¿Para qué perder el tiempo?

Su inseguridad se imponía al deseo de ir hacia ella, pero, cuando estaba a punto de dar media vuelta y recordar aquella estampa miles de veces mientras se golpeaba la cabeza contra la pared por no haberle dicho nada, observó cómo una lágrima recorría suavemente un camino desde esos ojos verdes, pasando por esa naricita y deteniéndose unos segundos en la punta antes de tomar la decisión de caer en la arena.

—Perdona.

Ella levantó la cabeza. Lo miró y le dijo:

—¿Qué quieres?

Él se sentó a su lado y le tendió un pañuelo que había sacado de su bolsillo. Mientras la chica, por acto reflejo, retiró la cara y le dijo en un tono más alto:

—¿Qué haces?

—No sé si me dirigirás la palabra, no sé si me contarás qué te pasa, de hecho, no sé si me dirás tu nombre, pero déjame como mínimo conservar parte de tu belleza.

Y con su pañuelo le recogió dulcemente aquella lágrima antes de que se descolgara de esa preciosidad.

Ella accedió cerrando los ojos por un instante.

Manel sonrió con un poco de vergüenza, observándola a través de sus gafas. Ella lo miraba con cara de sorpresa.

Pasó una eternidad. Los ojos verdes de ella se clavaron en el rostro de él, lo miraba inclinando la cabeza de un lado a otro, mientras la media sonrisa de él iba desapareciendo para dar paso a una expresión de sofoco.

Cuando puso una mano en la arena para levantarse, ella dijo:

—Espera... ¿Quién eres?

—No…, perdona…, no quería… —tartamudeó mientras se levantaba.

—No, por favor, no te vayas, dime... ¿Quién eres?

—Manel, me llamo Manel. —Mientras alargaba la mano, pero la retiró al instante, avergonzado al ver que una presentación formal no era lo adecuado.

—No te pregunto cómo te llamas, te pregunto quién eres. —No era un tono duro ni antipático, todo lo contrario, era dulce y con ganas de saber.

Él puso de nuevo una rodilla en el suelo y, más relajado, respondió:

—Sinceramente, no sé aún quién soy de verdad, lucho para saberlo y conocer cuál es mi lugar en esta vida. Busco cosas que no encuentro y sé cosas que no quiero saber, o sea... no te puedo responder aún. Y tú, ¿quién eres?

—Mireia, me llamo Mireia —respondió.

—No te pregunto cómo te llamas, te pregunto quién eres —cortó Manel, blandiendo de nuevo esa media sonrisa.

—Sé quién soy perfectamente, sé lo que me gusta y a veces lo he encontrado, pero nunca me termina de convencer. Soy feliz, creo...

—¿Feliz? —la interrumpió—. Y... ¿y esta lágrima? —preguntó Manel mostrando el pañuelo.

Ella se lo quedó mirando. No sabía qué responder.

Él hizo el gesto de quitarse las gafas.

Era el momento. Con un solo gesto podría saber perfectamente qué le pasaba, qué responderle, cómo actuar, qué quería escuchar ella. Posiblemente cómo enamorarla.

Pero se detuvo. No quería jugar con ventaja. Quería mostrarse tal y como era, responder lo que creía que había de responder, actuar como creía que había de actuar, en definitiva, comportarse como era de verdad.

En aquellos momentos, él no fue consciente de que esa pequeña decisión de no haberse quitado las gafas le iba a cambiar la vida.

—Dime, ¿qué te pasa, Mireia?

—Nada, nada... tonterías —dijo ella.

—Esta lágrima no ha recorrido ese camino para nada. —Mientras pasaba de nuevo la punta del pañuelo, tratando de borrar la marca de sal dibujada en su rostro.

—Asuntos del corazón, como a todo el mundo, supongo —empezó ella—. Estoy en una relación desde hace tiempo, pero hay algo que no funciona, y no sé qué es. No sé si es la persona adecuada, de hecho tampoco sé con certeza si realmente me quiere y, lo más fuerte, dudo de mi amor hacia él... Me da miedo equivocarme.

Él se agachó delante suyo, le levantó el rostro con la mano y, mirándola a los ojos, le dijo:

—Nunca nos equivocamos, decidimos tomar un camino y nunca sabemos si es mejor que el otro, pero lo más importante es escoger el compañero de viaje. Según con quien viajes, los caminos duros pueden ser fáciles o, por contra, los caminos bonitos pueden convertirse en pesadillas que nunca terminan. A un camino no le hace falta un destino concreto si vas bien acompañado, en caso contrario, buscas la llegada al puerto más cercano.

Manel hizo una pausa y, animado por la inspiración, prosiguió:

—Solo te puedo decir que si recorres el camino conmigo, trataré de que las subidas sean bajadas, que los desiertos sean verdes bosques y que las tormentas se transformen en aires frescos llenos de vida.

Se levantó, le tendió la mano y dijo:

—¿Vienes?

Ella se quedó con la boca abierta, mirándole.

Los ojos de Mireia le repasaban de arriba a bajo una y otra vez.

—¿De qué película has salido tú? —dijo sonriendo. Y siguió—: ¿De dónde sacas palabras tan bonitas? ¿O es que eres amante de los libros de autoayuda?

—¡Joder! —exclamó Manel—. ¡Viva el romanticismo! Eres guapa, vaya, muy guapa..., ¿pero siempre eres así de cabrona? —preguntó con una sonrisa aún con la mano tendida hacia ella.

—Ja, ja, ja… ¡Sí! ¡Y puedo serlo mucho más! Ja, ja… —Tomó su mano, pero en lugar de dejarse levantar, lo tiró hacia ella, provocando que cayera de rodillas al suelo, a su lado—. Tranquilo, viejales, aún tengo que conocerte un poco más para ir contigo.

—Con cuidado, jovencita, aún te quedan muchas cosas por aprender.

—¡Qué cabrón!

—Yo también te quiero, cariño.

Fueron unos días increíbles, llenos de diversión, sexo y romanticismo. Ella se trasladó a su velero, evidentemente con el permiso de sus amigos – encantados de tener a una princesa entre aquella tribu de neandertales– y tras haberse despedido de sus compañeras de viaje, envidiosas al ver que una de sus amigas pasaría el resto de las vacaciones a bordo de un barco en lugar de dormir en pensiones de mala muerte como ellas.

Si la vuelta a la gran ciudad podía ser un inconveniente para la reciente relación y dejar aquel sueño como una aventura de verano, fue todo lo contrario. Ella se decidió a hablar con su pareja y terminar con una relación enfermiza que no les llevaba a ningún sitio, mientras él volvía al trabajo con más ganas que nunca, utilizando sus armas en momentos puntuales y confiando en sus propias decisiones.

Manel estaba contento, por primera vez no sentía la necesidad de saber qué pensaba la otra gente, qué debía de hacer para agradarles. Se comportaba como quería. Las cosas le salían naturales, cocinadas por el amor que él sentía hacia ella, una chica ejemplar, cariñosa y con una facilidad sorprendente para conocerlo. Parecía que llevaban años de relación; las bromas, las discusiones, todo reflejaba un mimetismo que a veces, incluso, asustaba.

Manel seguía llevando sus gafas siempre que podía, la confianza con Mireia era absoluta y su comportamiento, natural. De todas maneras ella le reclamaba a menudo que le explicara qué le escondía. Mireia notaba que no se lo había contado todo y que guardaba un as debajo de la manga. Él salía del paso como podía.

A veces pensaba que al final debería contarle la verdad, ¿pero cómo? No quería que ella se sintiese observada, con sus pensamientos al desnudo, que sintiera que no podía tener secretos, que hipotecaría su vida personal. Todo eso podría comportar perderla. Al pensar en ello, borraba esa idea de su cabeza y seguía adelante.

Los meses fueron pasando y, como cada viernes a primera hora de la tarde, ella pasó por su casa tras salir del trabajo. Manel abrió la puerta lo más rápido posible; se moría de ganas de verla.

No había abierto del todo la puerta cuando ella saltó encima suyo, abrazándolo y colgándose de él con las piernas en su cintura. Del impulso, fueron a parar contra la pared.

—¿Estás listo para un asalto, cuarentón? ¿O necesitas oxigeno? —preguntó ella mientras le comía la boca.

—¡Me rogarás que pare, chullta! —Mientras la llevaba en brazos hacia la habitación.

***

Estaban agotados sobre la cama, viendo cómo la oscuridad de la tarde empezaba a imponerse. Ella descansaba a un lado de la cama mientras él la abrazaba por detrás.

—¿Eres feliz? —le preguntó Manel.

—Muchísimo —respondió ella.

Manel no tuvo la necesidad de mirarla a los ojos para saber que aquella respuesta era verdadera. Su tono y su dulzura le daban la máxima confianza.

—¿Y tú? —preguntó ahora ella.

—Como nunca. Eres maravillosa.

Pasaron unos minutos adormilados cuando de repente ella dijo:

—¿Sabes quién toca hoy en el Palau Sant Jordi?

—No, ¿quién?

—Boscus Verds, ¿sabes? ¿Recuerdas esa canción que tanto me gusta?

—¿Cuál? —preguntó él en un tono solemne.

—¡Sí, Manel! Esa que pongo siempre en el coche, la que dices que es para adolescentes. Ja, ja, ja.

—No sé de qué me hablas.

—Podría haber estado bien —dijo ella resignada por el poco caso que recibía de su pareja—. El año que viene vamos, ¿de acuer...?

No había terminado de hablar cuando apareció delante de sus ojos la mano de Manel con dos entradas para el concierto.

—¡Ja, ja, ja! ¡Qué cabrón!

***

Casi eran las ocho, ya estaba oscuro y el concierto empezaba en una hora.

—¡Va, cariño! ¡Que llegamos tarde! —dijo Manel con la mano en el pomo de la puerta.

—¡Voy! —Mireia apareció por el pasillo poniéndose su cazadora tejana. Llevaba un pañuelo del mismo tono que su pelo.

A medio camino de la puerta, ella le dijo:

—¡Espera! ¡Un momento!

Y corrió hacia la habitación.

—¡Va! ¡Que después dirás que es culpa mía si llegamos tarde! —gritaba él desde la entrada. Mientras tanto, ella escribió una notita en un papel y la dejó debajo del cojín, no sin antes besar el papel.

Pasó por delante de él y, tras besar sus labios, le dijo:

—¡En marcha, amor!

LA MUERTE

-7-

Tenían suerte de ir en moto. No era nada fácil cruzar Barcelona a aquella hora de la tarde.

La gente salía de trabajar y el tráfico era muy intenso, pero la moto era un placer por la ciudad, y más en esa época del año, en junio, que aún no hacía un calor sofocante y ya apetecía ir a alguna terraza a tomar una cerveza tras el trabajo o pasear en moto sin chaqueta, aunque solo fuera para sentir el aire.

Manel conducía rápido entre los coches, no quería llegar tarde al concierto y más teniendo en cuenta que tenía preparada una sorpresa para Mireia.

El zig zag entre los coches provocaba que ella se agarrara con fuerza a su cintura, y eso le gustaba, la sentía cerca y solo los golpes entre ambos cascos rompían ese romanticismo propio de la película *Roman Holiday* de Audrey Hepburn y Gregory Peck.

Manel era feliz a su lado, se sentía como un hombre afortunado y esperanzado, y la ilusión depositada en ese día era mucha.

La única preocupación que tenía en esos momentos era que ella, en uno de esos frenazos, se agarrara más arriba y notara la cajita que llevaba en el bolsillo de la camisa, por eso, de vez en cuando, él le cogía las manos que le envolvían y las mantenía cerca de la cintura, lejos del regalo.

Manel tenía pensado que cuando sonara la canción favorita de Mireia, la rodearía con sus brazos para besarla y darle una cajita donde habría un anillo y la llave de su casa.

No haría falta palabras ni miradas, solo amor y complicidad.

Estaba ansioso por que llegara ese momento.

—¡No corras tanto! —dijo ella—. ¡Tampoco me gusta tanto este grupo! Ja, ja, ja.

—Tranquila, cariño, está todo controlado…

De repente, como salido de la nada, un coche se cruzó delante suyo a toda velocidad, obligando a Manel a realizar una maniobra brusca hacia el otro lado, sin tener tiempo de mirar atrás para vigilar los coches que bajaban.

Escucharon un fuerte frenazo detrás suyo. Los brazos de Mireia se aferraron con fuerza a la cintura de Manel. Los dos cascos chocaron entre sí y, medio derrapando, pudieron esquivar el vehículo de delante.

Habían tenido suerte. Pudieron pararse un momento en un lado, los dos inmóviles por unos instantes.

—¡Ostras! ¡Qué susto! —dijo Manel.

—¡Joder! —suspiró ella.

Manel respiró hondo, puso su mano encima de la pierna de ella y dijo:

—No me podría perdonar nunca que te pasara algo por mi culpa. No lo soportaría. Perdóname.

Y siguieron hacia Montjuïc más lentos y precavidos que nunca.

***

La temperatura dentro de esa furgoneta era muy elevada.

Los tres hombres se miraban con cara seria. El sudor estaba presente en sus frentes y los movimientos eran cuidados, ya que el espacio de maniobra era muy reducido.

El ruido de la cinta aislante era estridente dentro de esa caja metálica. Uno de ellos envolvía una serie de paquetes con la cinta en el pecho de un segundo hombre mientras este se sujetaba la camisa a cuadros con las dos manos.

El tercer hombre estaba sentado delante, en el sitio del conductor, vigilando que nadie interrumpiese la operación.

—Ayud —llamó el hombre con la cinta aislante en la mano.

—Dime, Moha ——respondió el que estaba de pie, con la mirada perdida.

—Es fácil, en el momento en el que te veas rodeado del máximo de gente posible, solo tienes que tirar de esta cuerda —dijo Moha mientras le enseñaba una cuerda que salía de debajo de los paquetes—. Piensa que Alá os recibirá en el paraíso a ti y a tu familia. No debes tener miedo. Alá está contigo, y la causa también. —Detuvo su discurso y prosiguió—: ¿Estabas buscando venganza? Pues ahora es tu oportunidad.

Ayud se colocó bien la camisa, se puso las dos manos delante del rostro y empezó a rezar. Los otros dos hombres le acompañaron en sus oraciones.

***

Aunque iban en moto, no fue fácil encontrar sitio para aparcarla. La policía ordenaba ir hacia delante sin permitir subirse a la acera. Finalmente, a unos doscientos metros de la entrada encontraron un sitio.

—¡Ya hemos llegado! —exclamó él mientras ponía el caballete.

—¡Mira, Manel! —dijo Mireia señalando la entrada.

Había mucha gente aglomerada. Manel estaba sorprendido que un grupo del que solo había escuchado un par de canciones pudiese reunir a tanta gente.

«Es posible que ya no tenga edad para esto», pensó. «¡Es mejor no comentarle nada, sino ya me imagino la coña de aquí a que me muera!».

Ataron los cascos y fueron hacia la entrada con un andar rápido y enérgico. Mireia le tiraba del brazo para que acelerase el paso.

Ir detrás de ella y seguirla era una tarea difícil para Manel, acostumbrado a un paso más lento, pero mucho más seguro... pensaba él.

Boscus verds, BV, como se hacían llamar, era un

grupo local que había entrado con mucha fuerza en el mercado de la música nacional. Un par de canciones para una serie televisiva los había lanzado a la fama hasta convertirse en uno de los grupos más populares. Gustaban a todo tipo de gente de distintas edades y ámbitos sociales.

En la cola de la entrada se podía ver desde chicas de dieciséis años hasta hombres de cuarenta, como Manel.

A él le molestaba hacer cola para entrar a los sitios, pero, poco a poco, había vuelto a coger confianza y no le molestaba estar entre gente, eso sí, siempre acompañado de sus gafas.

Hacía mucho tiempo que no había utilizado su poder, solo una vez en la que había sido cazado sin defensas por Mireia al salir de la ducha. Chocó de frente con ella y la miró durante unas milésimas de segundo, pero fue tiempo suficiente para saber que se moría de ganas por ir a ese concierto.

Y allí estaban, en una cola de treinta personas, apelotonados, esperando su turno para entrar en el Palau.

—Una camisa muy apropiada para el concierto —dijo ella mientras le tiraba con sus delgados dedos el bajo de la prenda—. ¿No tenías otra de más vintage? Ja, ja, ja.

—¿Qué le pasa a mi camisa? ¡Es de las más modernas que tengo! Además, todo vuelve… Ya verás como dentro de poco me pedirás de rodillas que me la ponga… Pero seguramente ya será demasiado tarde, te habré dejado por alguna chica más joven que tú, más guapa y… ¡más simpática! —

dijo Manel mientras la tomaba de la cintura y le daba un beso.

—¿Más joven?... ¡Aún no ha nacido! ¡Pederasta! Ja, ja, ja.

Mientras reían juntos, la cola iba avanzando y llegaba a su final.

Mireia entregó su entrada y el guarda de seguridad la registró, empezando por las piernas y subiendo por la cintura.

Ella giró la cabeza, miró a Manel y le hizo una mueca de "mmmm, cómo me gusta, no está nada mal...", con los labios medio abiertos y dejando los ojos en blanco como si estuviera en medio de un orgasmo.

Manel sonreía y negaba con la cabeza en señal de "estás loca".

Era el turno de Manel. Le dio la entrada y, cuando estaba a punto de ser "tocado" por aquel trozo de hombre, se acercó a ellos uno de los miembros de seguridad y dijo:

—No hace falta entretenerse con cada uno, vamos muy justos de tiempo y queda mucha gente por entrar, mirad solo las bolsas y para dentro.

Manel se quedó con los brazos levantados y con cara de pena, como un perrito abandonado, mirando a Mireia.

—Ooohhh, ahora te has quedado sin placer... ja, ja, ja. ¡Venga! Ya lo tendrás luego..., ¡te lo aseguro! Ja, ja —rió ella.

Él empezó a reír también. Mireia lo cogió de la mano y le arrastró hacia dentro como siempre hacía.

El espectáculo estaba a punto de empezar. Una noche que cambiaría sus vidas, lo que no sabían era el rumbo que iban a tomar.

***

El sudor nervioso de Ayud empapaba la gorra de los New York Yankis que se había puesto de atrezzo. Su barba −más recortada de lo que normalmente la llevaba− empezaba a estar húmeda. Se secó con su pañuelo, no quería causar sospechas. Desde la cola, veía cómo un guarda jurado registraba a toda la gente antes de permitirles acceder al recinto.

«¡Esto no me lo han dicho!», pensó.

No podía arriesgarse a que le descubrieran antes de cumplir con la voluntad de Alá, no podía permitirlo.

Tres personas le separaban del control. Estaba muy nervioso. Miró a su alrededor para calcular el impacto que podría tener el estallido de las bombas que llevaba en el pecho.

«¿10? ¿15 personas?». Esperaba no defraudar a Alá y que la ofrenda fuera suficiente para que él y su familia accedieran al paraíso.

Se puso la mano por debajo de la camisa, notó la anilla de la cuerda, introdujo el índice en ella y, cuando estaba decidido a tirar de la cuerda, quedó parado al ver a una chica a la que registraban en su cola. Vio cómo aquella chica de pelo rubio tenía las manos al aire y hacía muecas y sonrisas casi pornográficas.

«¡Europeos de mierda! ¡Pecadores! ¡Arderéis en el infierno!», pensó decidido a estirar definitivamente la cuerda, pero se paró cuando oyó que un guarda decía que solo iban a revisar las bolsas. Esto le daba otra oportunidad, podría rodearse de más gente y todo saldría como habían planeado.

Todavía muy nervioso pero intentando aparentar tranquilidad, como una persona que iba a disfrutar de un concierto, dio su pase y recibió un golpecito en la espalda en señal de que aligerase el acceso.

Entró, miró a su alrededor y se perdió entre la multitud.

**

Mireia tiraba de Manel como nunca, iban esquivando a la gente por los pasillos del Palau a toda velocidad.

No es que el concierto fuera a empezar de inmediato, pero sí que querían situarse lo más cerca posible del escenario y, contagiados por las prisas de los demás, fueron acelerando.

Ella estaba loca por encontrar el acceso a pista lo más rápido posible.

—¡Acceso a pista! —gritó Mireia mientras señalaba el cartel.

Entraron más lentamente por el pequeño túnel que les llevaba a la pista de abajo.

Al entrar y ver la grandiosidad del Palau, los focos en el techo, las gradas llenas de gente, el escenario preparado en el que los técnicos de sonido realizaban las últimas pruebas de sonido, se quedaron parados.

Los dos giraron para disfrutar de la magnificencia de ese espectáculo. Ella se paró delante de él.

—Manel —dijo mientras le cogía el rostro con las manos—. Déjame ver por unos instantes estos ojos tan bonitos que siempre me escondes, te juro que serán unos pocos segundos y los focos no te harán daño.

Mireia acercó las manos lentamente a sus gafas.

Él tragó saliva, aterrado por lo que podría pasar. No quería saber lo que pensaba, lo que había hecho, los secretos que podría esconder. Le daba miedo descubrir algo que pudiera hacerle daño.

Mireia le sacó las gafas poco a poco. Se encontró con unos ojos cerrados.

—Manel. Mírame, por favor. Abre los ojos.

Él los abrió con miedo.

Y lo vio todo.

Todo el amor que ella sentía por él, todo el agradecimiento que quería expresar por todo lo que hacía por ella, toda la confianza y seguridad que le daba, incluso las ganas que tenía de compartir la vida con él.

—Gracias —dijo Mireia mientras acercaba los labios a los de él—. No sé por qué me escondes estos ojos tan bonitos. Es como si pudieras leer dentro de mí.

Manel la miró de nuevo y, mientras cerraba los ojos por la proximidad del beso, pudo leer "siempre juntos" en su mirada.

Se fundieron en un beso eterno y maravilloso.

Finalmente, los labios fueron separándose.

Él no quería dejarla ir, esos labios gruesos le habían acelerado el corazón, pero el estrépito del sonido de una guitarra entonando las primeras notas indicaba que el concierto estaba a punto de comenzar. Ella empezó a correr hacia el escenario, arrastrando de nuevo a un sorprendido Manel por el inesperado cambio de situación.

—¡Coño! ¡Un momento! —gritaba Manel siendo arrastrado mientras trataba de colocarse de nuevo las gafas.

La velocidad en la que se movía Mireia hacía que no acertase a ponérselas; golpes con la gente, aceleraciones y cambios de ritmo inesperados lo hacían difícil.

En uno de esos zig zag, le cayeron las gafas al suelo. Manel se paró en seco como si parte de su cuerpo se hubiera quedado atrás.

Notó, como si todo pasara en cámara lenta, que la mano de ella se desprendía de la suya; primero la palma, después los dedos y finalmente las puntas.

Se quedó parado viendo cómo ella se alejaba unos metros por la inercia. Mireia se paró en seco al notar que él no la seguía.

—¡Venga! ¿Qué haces? —le preguntó mientras hacía un gesto con la mano para que se diera prisa.

—Un momento —respondió Manel agachándose para recoger sus gafas antes de que las pisara alguien.

—¡Ya te compraré otras!

Cuando Manel estuvo a punto de cogerlas, un golpe le hizo caer de culo al suelo.

—¡Joder! ¡Ve con cuidado, ostia! ¡Que el mundo no termina hoy! —dijo indignado al hombre que le había tirado al suelo—. ¡No pides ni perdón! —reclamó Manel al ver que ese hombre, que llevaba una camisa incluso más horrible que la suya, no había ni hecho el gesto de pedirle disculpas.

El hombre que le había atropellado se giró al escuchar aquellas palabras.

No dijo nada. Se quedó observando a Manel por unos instantes con la mirada borrosa y con la frente llena de sudor, como si aquello no fuera con él.

Manel, aún en el suelo, se quedó atónito.

No podía creer lo que veía en los ojos de aquel hombre. Aquellos pensamientos aterradores, aquella mirada asesina...

Ese hombre iba a inmolarse dentro del concierto, quería atentar dentro del Palau, que estaba lleno de gente, de gente joven, incluso de niños... y... y... ¡y Mireia!

—¡Sal de aquí! —gritó Manel dirigiéndose a Mireia mientras oía cómo una pisada involuntaria rompía sus imprescindibles gafas—. ¡Vete! —volvió a gritar mientras ella hacía cara de no entender nada y abría los brazos como diciéndole "no me dejes, ven conmigo".

Manel se puso de pie de un salto y la miró por última vez.

«Ven, por favor, ¿qué te pasa?», pensaba ella.

—¡Eh, tú! —gritó Manel al hombre—. ¡Detente!

Y empezó a correr tras él dejando atrás lo que más quería en la vida.

***

—... ¡No pides ni perdón! —escuchó Ayud.

Instintivamente se giró. No había visto a aquel hombre medio sentado en el suelo.

«Pero ¿qué hace ahí abajo? Ponerse en el suelo con tanta gente corriendo. Sin lugar a dudas, estos europeos son muy extraños», pensó.

Se lo quedó mirando sorprendido durante unos

instantes.

No debería haberlo hecho.

El hombre, desde el suelo, tenía una mirada penetrante. Había clavado esa mirada en él, y eso le hacía sentir desnudo y sospechoso.

Ayud se puso la mano en el pecho para comprobar que las bombas estaban en su sitio, que la camisa no delatara nada.

No podía quedarse más rato ahí plantado, delante de ese occidental que empezaba a gritar dirigiéndose a alguien.

—¡Eh, tú! —fueron las últimas palabras que escuchó antes de empezar a correr.

Su sacrificio estaba a punto de cumplirse, solo debía esconderse en medio de la gente, rezar y tirar de la cuerda.

Salió corriendo entre la multitud para buscar el mejor sitio.

***

Debía impedirlo como fuera. Manel salió decidido a coger a aquel asesino antes de que cometiera una barbaridad.

Mireia gritó su nombre al ver que se alejaba, pero su voz se perdió al aumentar la distancia entre la pareja.

Vio la cabeza del asesino a unos metros de él.

El hombre iba esquivando a la gente con una habilidad fuera de lo normal, la apartaba con sus brazos y solo recibía improperios e insultos. Manel, detrás de él, sorteaba como podía a todas las personas que eran desplazadas por su objetivo.

—¡Perdón! ¡Perdón! —Manel no paraba de repetirlo cada vez que se tropezaba con alguien.

La distancia entre ellos cada vez era más grande.

Lo perdía de vista en unos instantes y lo volvía a ver en otros.

«¡No puedo perderle!», se dijo Manel a sí mismo. Optó por arriesgarse.

Se paró un momento, se puso de puntillas y, al ver que el hombre no iba en línea recta a través de la marea humana, tomó la decisión de cortarle el paso por donde creía que iba a ir.

Dejó de mirar el rastro que dejaba el asesino y se adentró a contracorriente en otra dirección.

Recorrió unos metros, iba apartando a la gente de forma más delicada, andando y escrutando a todo aquel que se cruzaba en su paso.

Veía las vidas de cada una de esas personas que miraba.

«Como mis padres se enteren de que estoy en el concierto, no veas...», pensaba un niño de catorce años.

«¡Qué rollo acompañarla! Pero si a ella le

gusta...». El pensamiento salía de la mirada de ese chico que había acompañado a su novia.

«¿Estarán bien los niños con la canguro?». Una madre preocupada.

Manel no podía más. Era insoportable. Se detuvo, se puso las manos en la cara y cerró los ojos por unos instantes.

—¡Niñas! Nos quedamos aquí, ¿vale? —Una voz infantil despertó a Manel de aquel pequeño paréntesis.

Abrió los ojos y vio que delante suyo tenía un grupo de ocho niñas de entre diez y doce años, con las caras pintadas con corazones y los nombres de los cantantes.

«Dios mío», pensó Manel, y volvió a levantar la vista para seguir buscando a aquel hombre.

Al levantar la cabeza, lo vio. En el otro lado del pequeño campamento que habían formado las niñas. Cara a cara. Uno delante del otro, separados por no más de dos metros.

Se quedaron mirándose el uno al otro. Parados.

El hombre se puso la mano dentro de la camisa.

Manel rápidamente alzó la mano hacia él para que que se detuviera.

—¡No lo hagas! ¡Por favor! —le dijo sin gritar, en un tono de súplica—. Son inocentes —continuó haciendo un gesto con la cabeza en dirección a las niñas.

Y lo vio claro.

No solo le movían los motivos religiosos, era más fuerte su sed de venganza por la muerte de una de sus hijas en un ataque de las fuerzas aliadas en su país.

Manel veía la imagen de aquel hombre, quien lloraba mientras sostenía a su pequeña muerta en brazos, ensangrentada por la metralla de un misil.

—Lo sé —dijo Manel—, pero nada de lo que hagas te devolverá a tu hija. Destrozar otras familias no te aligerará el dolor.

—Debo hacerlo —respondió Ayud—. Ella no tenía la culpa y murió. También era inocente, pero vosotros empezasteis.

Las niñas, en medio de los dos hombres, escuchaban la conversación, incrédulas. No entendían nada.

—No lo hagas —repitió Manel aún con la mano en alto—. Yo también tengo a alguien aquí a quien quiero. Te lo pido por favor, no lo hagas.

Ayud bajó la mirada y, lentamente, fue sacando la mano de dentro de la camisa.

Los dedos no llevaban la cuerda.

Manel suspiró. Sus labios dejaron de temblar y, cuando iba a murmurar un "gracias", vio con horror cómo aquel hombre levantaba de nuevo su aterradora mirada, con los ojos llorosos y llenos de odio.

«¡Pues morirás con ella!», fue lo último que Manel pudo ver en su mirada antes de que saliera corriendo de nuevo, perdiéndose de esta forma en medio de la multitud.

Manel se quedó en estado de shock por unos momentos, perplejo por los últimos pensamientos de aquel desconocido.

—¡Mireia! —gritó al reaccionar.

Debía encontrarla antes de que fuera demasiado tarde.

Salió corriendo. Había de buscar un sitio donde pudiera visualizar la pista, algún sitio más elevado.

—¡Los altavoces! —se dijo a sí mismo.

Al lado del escenario había dos torres elevadas. Desde ahí tendría una buena visión para intentar localizarla.

Corrió entre la gente más rápido que nunca. Saltó una valla y, cuando empezaba a trepar por uno de los altavoces, una fuerza fuera de lo normal le tiró hacia atrás.

—¿Dónde vas tú? —le gritó un hombre del cuerpo de seguridad.

Manel le observaba desde el suelo, mientras aquella mole hablaba a través del micro de su camisa.

—Venid al sector siete, un loco ha intentado saltar al escenario. Echadle.

Manel cogió carrerilla y envistió con todas sus fuerzas a esa pared humana.

Fueron a parar los dos al suelo.

Manel se levantó rápidamente y volvió a intentar escalar la torre de sonido.

Cuando ya estaba a punto de alcanzar la cima, la mano del guarda lo agarró por el pie.

—Ven aquí, hijo de puta —gritó—. ¡Ya verás lo que es bueno!

Sacando fuerzas de donde podía, Manel le dio un puntapié en la cara al guarda, lo que lo dejó aturdido por unos momentos. Finalmente, pudo llegar hasta arriba del todo.

Se puso de pie encima de aquellos tres metros de altavoces.

Veía cómo la gente de debajo le hacía gestos con las manos, alentándole y animándole a hacer más tonterías.

Los músicos del grupo lo miraban desde el escenario con cara de preocupación, pero sin dejar de tocar las primeras notas de una canción.

La canción favorita de ella.

Manel se puso la mano al pecho instintivamente. El regalo aún estaba ahí, sorprendentemente.

Empezó a buscar entre el público. Por suerte,

los focos iluminaban a la multitud de vez en cuando.

La gente, con los brazos levantados, seguía los primeros versos de aquella canción.

Un grupo de guardas de seguridad iba hacia él, tratando de subir a la torre.

Por fin, en una de las ráfagas de luz, la vio.

Sola. Aislada del mundo. Como un cuerpo inerte que se movía de un lado a otro por los vaivenes de la gente animada por la música.

Mireia estaba con los brazos caídos mirando hacia él mientras el resto de la gente saltaba y bailaba de cara al escenario. Era como un salmón nadando a contracorriente.

La distancia entre ellos era de unos quince metros. Él la contempló.

«Es preciosa», pensó.

Y empezó a hacerle gestos con los brazos para que huyera de ahí.

—¡Sal! ¡Corre! ¡Vete! —gritaba.

El ruido de la música no dejaba que ella oyera sus palabras, solo veía a su amor encima de una montaña de hierro, haciendo gestos indescifrables. No entendía nada.

Él fijó la mirada y vio en sus ojos:

«¿Qué haces, cariño? ¿Por qué me dejas sola?

Ven, por favor».

Los focos pasaron de largo y volvió la oscuridad.

—¿Mireia? —se preguntó Manel.

Mientras, los guardas estaban a punto de llegar arriba. Manel, como un poseso, empezó a dar puntapiés y pisotones a cualquiera que tratara de echarle de su posición.

El foco estaba a punto de iluminar de nuevo la zona en la que se encontraba Mireia, mientras él seguía defendiéndose de los invasores. Unos segundos más y la vería, unos instantes más y...

La luz la enfocó de nuevo. Allí estaba. Aterrada por la situación. Manel solo tenía ojos para ella.

Siguió haciendo gestos para indicarle que huyera.

—¡Corre! ¡Co...! —Manel calló. Dejó de dar puntapiés.

Se quedó helado al ver que detrás Mireia se encontraba el hombre barbudo de la camisa de cuadros. Estaba plantado a medio metro de ella y con la mirada fija en Manel.

«Es a ella a quien quieres, ¿verdad? Sentirás el dolor que he sentido yo durante mucho tiempo».

—¡Nooooooo! —gritó Manel mientras veía cómo el hombre ponía la mano dentro de su camisa para buscar la cuerda que daría por finalizada aquella venganza.

Manel, sin pensárselo, saltó encima de la gente. Los gritos de dolor y los insultos le dejaron sordo, empezó a correr hacia Mireia para evitar lo peor.

Apartaba a la gente sin miramientos. Los metros entre ellos se reducían muy lentamente. Él luchaba para abrirse paso por una selva donde las plantas no le dejaban pasar.

La cantidad de gente le estaba frenando, pero finalmente, a pocos metros, vio su dulce cara, los ojos verdes llorosos —como la primera vez que la había visto— y una media sonrisa desencajada al ver que, aunque no entendía nada, él venía a por ella.

«Siempre juntos», le decía con su mirada.

Justo detrás, el hombre rezaba alzando la vista hacia el techo.

«Por Alá, por mi hija. Debo hacerlo».

—¡Nooooooo! —volvió a gritar Manel mientras agachaba la cabeza para abrirse paso entre el gentío.

Un trueno descomunal.

Una fuerza nunca percibida.

Un ruido espantoso.

Una luz cegadora.

Sintió como si le arrastrara un huracán, voló unos metros eternos hasta caer en la oscuridad, recibió golpes de personas apelotonadas encima de él.

Gritos y llantos.

Dolor.

No tenía fuerzas.

La mente se le apagaba.

La oscuridad iba ganando terreno dentro de su cerebro.

«Me muero», pensó.

Y sin aliento apenas, murmuró:

—M... M... Mi... Mireia.

La oscuridad nubló definitivamente sus pensamientos.

* * *

Silencio.

Oscuridad.

El ruido de una puerta.

De nuevo, silencio.

* * *

Empezó a notar la movilidad en sus dedos. Seguía inmerso en la oscuridad. Movió los dedos y palpó algo suave. ¿Qué era?

No tenía percepción del tiempo. Su mente

despertaba a ratos, sintiéndose inmóvil y en la absoluta oscuridad.

No tenía recuerdos. Trataba de recordar.

Imposible, el dolor en la cabeza era insoportable.

Poco a poco, sus dedos fueron recuperando sensibilidad, eso suave que podía percibir eran unas sábanas. ¿Pero dónde estaba?

De repente le despertaron unas voces.

—... sobre todo cuando despierte debemos ir con mucho cuidado. No hace falta explicarle nada. La información debe dársele poco a poco y ya lo hará el psicólogo.

—¿Cree que podemos quitarle las vendas del rostro, doctor? —dijo una voz femenina.

—Mañana —respondió.

Los tubos que tenía en la boca junto a los esparadrapos empezaban a molestarle. Cada vez tenía más sensibilidad en su cuerpo.

Silencios eternos le acompañaron.

***

Notó unas manos que le tocaban y le levantaban la cabeza. Poco a poco, la presión que tenía en la cara iba disminuyendo.

El aire fresco entró por su nariz.

—¿Señor Fargós? ¿Me escucha? ¿Manel? —preguntaba una voz femenina.

Manel respondió con gestos, abriendo lentamente los ojos hacia ella.

Como si se tratara de una persiana, el espacio de visión era cada vez más grande. Las imágenes eran borrosas. Volteó los ojos, mirando a su alrededor sin mover la cabeza.

«Paredes verdes. Armarios blancos. Un sofá en el fondo. Un pequeño televisor en un rincón de la habitación. Estoy en un hospital», descubrió Manel.

—Manel —repitió aquella voz—, ¿se encuentra bien?

Él miró hacia otro lado. Una chica joven le examinaba de cerca.

—No se preocupe. Solo tiene una pierna rota y un traumatismo craneal. Ahora subirá el doctor y podrá hablar con él.

De repente, Manel le cogió el brazo con fuerza y la miró fijamente.

—¿Qué quiere? —preguntó ella.

Recordaba las palabras que había escuchado hacía un rato –o unas horas o días, no lo sabía exactamente–.

Atentados terroristas. Setenta heridos. Quince muertos. Y ella... ella estaba muerta.

Las lágrimas empezaron a inundar los ojos de

Manel.

¿Por qué no había podido hacer nada para evitarlo?

¿De qué servía este don que solo le había traído desgracias?

Sin su poder, no podría haber sabido que Mireia quería ir al concierto, no la hubiese dejado sola para perseguir al terrorista y el asesino no se hubiera puesto a su lado para gozar de una venganza más completa.

No era un don, era una maldición.

En esos instantes, Manel decidió que todo había terminado.

No podía seguir así. No había ningún motivo para seguir adelante de aquella forma.

Debía terminar con aquella maldición o la maldición terminaría con él.

EL RESURGIR

-8-

—Ya hemos llegado —dijo el conductor de la ambulancia del seguro.

Manel no contestó. Estaba inmóvil mirando su casa desde el interior del vehículo. El jardín estaba otra vez descuidado después de tantos días.

—¿Quiere que le ayude, señor Fargós? ¿Le acompaño hasta dentro?

Pasaron unos segundos.

—¿Sr. Fargós? ¿Se encuentra bien?

—Sí, sí, perdone. No se preocupe, ya voy solo —contestó finalmente.

Manel bajó con dificultad del vehículo y se dirigió a la puerta de hierro. La abrió mientras oía cómo el coche arrancaba y se iba.

Se paró justo delante de la puerta de la casa, dejó la muleta en la pared y apoyó su frente en el portal. No podía evitar que pasaran por su cabeza los recuerdos vividos con ella hasta ese momento.

Con lágrimas en los ojos, su mano cubierta de vendas buscó las llaves en el bolsillo del pantalón. Con la punta de los dedos, las sacó y, temblando, las introdujo en la cerradura. Inspiró profundamente y abrió la puerta.

Luz, olor y recuerdos lo golpearon al dar un paso hacia el interior. Cerró la puerta tras de sí. Habían pasado veinte días desde que salieron de esa misma casa, llenos de esperanza, hacia el concierto.

Como una caja cerrada, allí dentro se conservaban las últimas conversaciones entre ellos dos, los últimos sonidos de placer, las últimas risas. Cerró los ojos y se quedó en silencio en la entrada, como si quisiera escuchar de nuevo su voz, oler su olor.

Por más que se esforzara, no recibía ninguna sensación.

Se decidió a entrar lentamente, ayudado por su muleta, en dirección al comedor.

El desorden y el polvo eran evidentes. No había querido que nadie entrara en su casa antes que él. Quería ser el primero, buscar cualquier rastro que le recordara a ella. Quería que el lugar en el que habían estado juntos por última vez se conservara virgen.

No había podido asistir a su entierro, no había podido despedirse de ella.

Deseaba encontrar algo físico que le confirmara que ella no había sido solo un precioso sueño.

Caminó hasta el armario del fondo. Abrió un cajón y sacó una cajita. Miró en el interior. Dentro había el pañuelo, el pañuelo con el que había recogido su lágrima. Cerró la caja y la dejó encima de la mesa.

Entró en la habitación y se sentó en la cama. Las sábanas seguían conservando los rastros de la última siesta con Mireia antes de salir corriendo al concierto. Cogió aquella sábana y se la acercó para olerla, inspirando hondo. Su olor aún estaba presente.

Abatido y derrotado, se tumbó. Miró hacia su izquierda. Ese cojín vacío, esa sensación de soledad, ese vacío interior... ¿Por qué no había podido hacer nada?

Alargó su brazo, no sin dificultad, como si fuera a abrazarla, y notó un papel debajo del cojín.

Lo cogió. Era una nota escrita por ella donde se podía leer:

Siempre juntos
Te quiero
Mireia

Manel rompió a llorar.

No la volvería a ver, no podría volver a abrazarla, no podría volver a escuchar su voz y besar esos labios que le habían vuelto loco.

Todo había terminado y no había podido hacer nada.

Su cerebro era un nido de sentimientos de culpabilidad. Si no hubiera sido por él y su don, ella seguiría con vida, no hubieran estado cerca de ese hombre, seguramente no hubieran ido al concierto. En definitiva, no la hubiera conducido a la muerte.

No lo podía soportar, sabía quién era el culpable, sabia cómo acabar con esa pesadilla, no quería sufrir más ni volver a sentir lo mismo otra vez.

Se decidió a hacer eso que otras veces ya se le había pasado por la cabeza, eso que seguramente debería haber hecho hace mucho tiempo. Se levantó como si no sintiera dolor, como si fueran sus últimos esfuerzos hacia la liberación.

Entraron en el baño, se apoyó en la pica y, mirándose en el espejo, se dijo:

—Es la solución.

Abrió el armario y sacó unas tijeras. Las miró durante unos instantes, las cogió con fuerza y, con un movimiento rápido, se las acercó al ojo. Milímetros separaban la afilada punta de su iris. El sudor goteaba encima de la pica. Su puño comprimía el instrumento que le liberaría de aquella maldición.

Notó cómo la punta empezaba a presionar su retina.

Estuvo unos segundos en esa posición, inmóvil. La punta afilada de las tijeras, el ojo, la mirada clavada en el espejo, el sudor cada vez más abundante. Todo estaba en ese momento, todo menos el valor para hacerlo.

Tiró las tijeras a la pica y cayó al suelo en posición fetal mientras lloraba.

Y entendió que no podía hacerlo solo. Necesitaba ayuda.

***

El doctor Vinyals se pasó la mano por el rostro. Tosió.

Miraba a Manel. Su historia era sorprendente. Su infancia, sin nadie que le guiara, sin nadie que le explicara qué le sucedía, debía de haber sido muy difícil. Los desengaños, la muerte de seres queridos... Seguramente el conjunto de esas cosas le habían hecho tomar esa decisión.

Como médico, su trabajo era hacer todo lo posible para recuperar a aquel hombre, hacerle ver que si había caído es porque en algún momento había estado de pie, que siempre tenemos otra oportunidad.

—No tengo palabras, Manel. Una historia conmovedora. Entiendo perfectamente tu estado, y puedo llegar a comprender que quieras buscar una solución a lo que, según tú mismo, te ha causado todo este sufrimiento.

»Primero te diré que como médico me es inviable hacer este tipo de operaciones, no me lo permite el código deontológico ni mi criterio personal. Por lo tanto, no cuentes conmigo para hacerlo.

Manel hizo un gesto de desaprobación y se removió en el sofá con actitud incómoda, como si estuviera a punto de levantarse.

El doctor siguió hablando, sin hacer caso a las amenazas corporales de Manel.

—Y como segundo punto, ¿estás seguro de que el problema es el don? ¿Quieres decir que el problema no eres tú mismo?

Manel dejó de moverse.

—¿Qué quiere decir con esto, doctor?

—Que seguramente eres tú el que no ha sabido gestionarlo de forma correcta. No has utilizado esta inmensa suerte que has tenido hacia el camino correcto.

»Siempre has utilizado tu don en beneficio propio para obtener aquello que querías, privándote de ser tú mismo y sintiéndote vacío en consecuencia.

—Sí, pero con Mireia no lo utilizaba y, en cambio, murió por mi culpa.

—Tú no la mataste —cortó el doctor—. Intentaste salvarla, a ella y a muchos más, te jugaste la vida por ellos. Y sí, es cierto, con ella no lo utilizabas porque ella misma te daba lo que has buscado siempre, ser querido. Manel, créeme, el tren volverá a pasar, recuerda, volverá a pasar.

Manel estaba callado, escuchando las palabras del doctor Vinyals. La idea de ser operado seguía en su cabeza, pero, poco a poco, las explicaciones le iban convenciendo de lo contrario.

—Mira, Manel, respeto tu decisión de no ser un ratón de laboratorio. Lo único que quiero es que me acompañes un momento a un sitio y después, si lo crees conveniente, seguimos hablando de tu deseo de volverte ciego.

Manel levantó las dos manos en gesto de asentimiento.

La consulta estaba en la quinta planta del

hospital. Salieron de ella y se dirigieron hacia el ascensor.

Eran cerca de las siete de la tarde. Algunas consultas ya cerraban.

Al abrirse las puertas del ascensor, un enfermero les preguntó:

—Buenas tardes, doctor. ¿A qué planta van?

—A la séptima, por favor —respondió Vinyals.

Al salir, Manel vio el cartel que indicaba que estaban en la planta de ingresos largos.

Caminaron por un pasillo hasta llegar a la habitación 731. El doctor llamó a la puerta y entraron tras recibir la respuesta consecuente.

Dentro de la habitación había un hombre de pie y una mujer sentada al lado de la cama, cogiendo la mano de un niño de unos doce años.

Las dos personas miraron al doctor y a Manel.

—Buenas tardes, ¿cómo estáis? —preguntó Vinyals.

—Bien, como siempre, parece que hoy tiene un buen día. ¿Y tú, Jordi? ¿Mucho trabajo en la consulta?

Manel enseguida comprobó que el nexo entre ellos era más familiar que profesional.

—Mirad, os presento. Manel Fargós, estos son mi hermana, Susana, y mi cuñado, Carles —

introdujo el doctor.

—Encantado —contestó Manel dándoles la mano.

—¿Podemos salir fuera un momento, por favor? —dijo Vinyals.

Las cuatro personas se dirigieron hacia fuera mientras Manel volteaba la cabeza para mirar al niño tumbado en la cama. Permanecía inmóvil con los brazos estirados al lado, tal y como los había dejado su madre, con los ojos abiertos sin parpadear. A su lado, una máquina le daba oxígeno a un ritmo constante. Lo perdió de vista al cerrarse la puerta.

—¿Nos permitís un instante? —preguntó el doctor a sus familiares mientras cogía el brazo de Manel. Se dirigieron a un rincón.

—No lo entiendo. ¿Qué pretende? —Quiso saber Manel.

—Mira, este niño es mi sobrino. Tiene 13 años, lleva más de cuatro en coma debido a un accidente que tuvo esquiando. Todas las pruebas indican que los daños cerebrales son irremediables y parece que no despertará del coma, y si lo hace será un vegetal.

»El equipo médico ha propuesto a la familia la posibilidad de desenchufarle de la máquina y darle una muerte digna. Mi hermana se niega. Está convencida de que él se va a recuperar y que se recuperará. Las evidencias médicas que se le presentan no la hacen cambiar de opinión. No quiero que opines. Solo te pido que entres, lo mires y me digas qué ves. Solo esto.

—Pero... está en coma profundo, no creo que pueda ver nada —dijo Manel, lleno de dudas.

—Es lo que quiero saber —respondió el doctor—. Los escáners marcan solo un doce por ciento de actividad cerebral. Mira qué encuentras.

—¿Cómo se llama el niño? —preguntó Manel mientras se dirigía hacia la puerta de la habitación.

—Marc, se llama Marc —gritó su madre desde el otro lado del pasillo.

—Gra... gracias —respondió él con la mano en el pomo.

Observaron cómo Manel entraba en la habitación. Los padres se preguntaron qué iba a hacer y el doctor, en cambio, estaba expectante por lo que podría a pasar.

Una vez dentro, Manel dejó la puerta atrás y se detuvo un momento en la entrada.

La oscuridad que se veía a través de la ventana ya era evidente. La luz fría del fluorescente daba un toque todavía más tétrico a la situación. Aquellas máquinas de respiración asistida, la silla, la cama... todo era frío, incluso el niño que estaba ahí tumbado, inmóvil, pálido y con la boca medio abierta debido a los tubos.

Se acercó. Cogió una cajita de encima de la mesa del lado de la cama.

—Gotas oculares —leyó.

Al lado, había un tubo de vaselina para las llagas, unas esponjas pequeñas en un recipiente con agua –pensó que debían ser para los humedecer los labios–, gasas y un libro...

Lo movió sin levantarlo de la mesa para leer el título. Moby Dick. Vio el punto de lectura que estaba por el final del libro.

En la parte de debajo de la mesa había muchos más. Se agachó un momento. Toda la colección de Harry Potter, La verdadera història de Tarzán, El señor de los anillos... y más. Todos de literatura infantil.

Volvió a ponerse de pie al lado de la cama y se atrevió a dirigir una mirada hacia el niño.

Delgado, demacrado. Sus manos seguían en la misma posición que antes.

Manel no sabía qué hacer. Acercó uno de sus dedos hacia la mano del niño. Lo tocó suavemente, retirando la mano enseguida como si le diera miedo infectarse.

Comprobó que no estaba tan frío como había imaginado.

Volvió a acercar su dedo a la mano del niño, esta vez más lentamente, y mantuvo el contacto unos segundos más. Sin retirarse, lo tocó también con los otros dedos. Finalmente le cogió la mano.

Era una mano inerte, sin vida.

¿Qué coño estaba haciendo ahí, qué carajos

podía sacar de una persona que estaba más muerta que viva?

Inspiró hondo y se decidió a mirarlo a los ojos.

Se refregó la cara con la mano, se puso en una posición desde donde pudiera ver su mirada y dejó sus gafas encima de la mesa.

Era una mirada sin vida, con los ojos turbios, sin expresión.

No veía nada. No le llegaba ninguna información, ni en forma de imagen ni de pensamiento. Nada de nada.

Aguantó un rato más, pero todo seguía igual. Ninguna reacción.

Se alejó.

—¡Dios mío! ¡Pero qué tontería!

Expulsó el aire, se tocó el cabello y, mientras volteaba la cabeza buscando aún no sabía qué, volvió a ver el libro, Moby Dick, y lo cogió.

Lo abrió por donde estaba el punto y, mientras cogía la mano del niño de nuevo, se aclaró la voz. Empezó:

—... los marineros veían, sorprendidos, cómo esa enorme ballena que parecía hundida no se rendía y volvía en dirección al barco...

Paró y le miró de nuevo a los ojos... Nada.

Siguió leyendo.

De repente, sin dejar de hablar, se fijó de nuevo en el niño.

Un punto de luz le llegó al cerebro. Imágenes y pensamientos borrosos iban apareciendo. El mar, peces, una ballena, arpones.

Poco a poco, las imágenes iban tomando cuerpo y reflejaban lo que más o menos Manel había ido leyendo.

Siguió leyendo inmediatamente, esperanzado y eufórico por la reacción.

Cada vez las imágenes eran más claras.

Dejó de leer.

—Marc, ¿me escuchas? —Dirigiéndose al niño.

Ninguna reacción.

—Marc, soy Manel, y estoy aquí... —Se detuvo durante unos instantes—. Estoy aquí... estoy aquí para ayudarte.

«Para ayudarte», se repitió interiormente Manel, satisfecho de haber entendido finalmente las palabras del doctor.

De repente, Manel recibió unos pensamientos, unas sensaciones que codificaba con voces.

«Ayúdame, Manel, ayúdame».

—¿Qué quieres que haga por ti, Marc?

«Dile a mis padres que les quiero, que siento su presencia aquí, que escucho los libros que mi madre me lee, y me encantan».

Manel se retiró de golpe. Era como escucharlo, pero el niño seguía inmóvil, frío y con la misma mirada ausente y perdida.

Se volvió a acercar para seguir mirándole.

«Pero debes ayudarme, Manel».

—Dime, haré lo que me digas.

«Comunícales que no aguanto más, que también siento el dolor, las llagas, que el tiempo pasa lentamente encerrado en esta prisión. Que cada día, cada hora, cada segundo es un suplicio, una tortura. No quiero que sufran más por mí. Me quiero morir, Manel, quiero morir. Hazme este favor».

Se retiró. Puso las manos en su nuca, estirando el cuerpo mientras pensaba, y volvió hacia él.

—Marc, piensa que yo puedo venirte a ver cada día, puedo comunicarte con ellos, decirles lo que sientes...

«Gracias, Manel, pero tú no puedes quitarme el dolor, la soledad de estar aquí dentro, ver sufrir a mis padres. Tú también tienes tu vida, igual que ellos... No alarguéis más mi sufrimiento, por favor os lo pido».

—Marc, tus padres no me van a creer.

«Manel, dejadme morir en paz».

—Haré lo que pueda.

«Diles que...».

Y siguieron comunicándose durante un rato.

***

Mientras, fuera de la habitación, esperaban ansiosos a que saliera Manel. Los padres habían intentado preguntar a Jordi qué era lo que había ido a hacer ese desconocido dentro de la habitación de su hijo.

La respuesta del doctor fue breve.

—No os preocupéis, ahora lo sabremos.

Durante la media hora que duró la visita de Manel no se dirigieron más la palabra. La espera fue larga y tensa.

Finalmente se abrió la puerta.

Salió Manel con los ojos rojos y llorosos.

El doctor Vinyals enseguida estudió la cara de Manel. Era una mezcla entre felicidad y emotividad, pero al mismo tiempo se mostraba preocupado y desencajado.

El doctor fue hacia él.

—Manel, ¿cómo ha ido? ¿Has visto algo?

—Un momento, doctor. —Lo apartó de delante suyo con el brazo—. Un momento.

Se dirigió hacia el final del pasillo, donde había una sala con sofás. Apoyó su cabeza en una de las ventanas. El doctor, desde detrás, le volvió a preguntar:

—¿Cómo ha ido?

—¿Tenemos alguna sala de reuniones disponible por aquí? He de hablar con ellos. —Esa fue la respuesta de Manel.

**

Entraron en una pequeña sala. Una mesa redonda, tres sillas y un pequeño teléfono en el suelo –debido a la poca longitud del cable– era todo lo que contenía aquella habitación donde había de dar a conocer las palabras más duras que nunca había dicho en la vida.

Los padres se sentaron, preocupados por lo que podía decirles ese desconocido. El doctor se quedó de pie detrás de ellos.

Manel se sentó en la silla que quedaba vacía.

No sabia cómo enfocar la conversación, cómo empezar, pero lo que tenía claro era que solo podía decir la verdad.

—Bueno... Por favor, no me pregunten cómo, pero solo les pido que confíen en mí y en lo que voy a contarles.

Los padres, que le escuchaban atentamente, asintieron con la cabeza.

—Marc... Marc les escucha, siente su presencia, entiende los cuentos que le leéis, es...

—¡Lo sabía! —gritó la madre con lágrimas en los ojos—. Sabía que el esfuerzo servía para algo y que no era en vano. Él nos entiende, sabe que estamos aquí. Nuestra compañía le da fuerzas para seguir luchando, que...

La madre hizo una pausa, cogió las manos de Manel por encima de la mesa y siguió:

—Dime, doctor, ¿cuándo cree que se recuperará? ¿Cuándo saldrá del coma?

Manel bajó la cabeza durante unos instantes. Lentamente fue retirando sus manos de debajo de las de la mujer. Volvió a levantar el rostro y apretó los labios. La miró de nuevo y le dijo:

—Lo siento..., no soy médico.

Se creó un pequeño silencio. Manel siguió:

—También sé que Marc está sufriendo, está sufriendo mucho. Cada día es un infierno para él. Y... y quiere... y quiere que le dejéis morir en paz.

La madre rompió a llorar. Su marido la rodeó con su brazo para apoyarla. Ella, en un ataque de ira, se lo quitó de encima y le dijo a Manel con un tono amenazante:

—¿Pero tú quién eres? ¿Quién te crees que eres para decir esto? ¡No eres médico! ¡Te inventas cosas y juegas con la vida de nuestro hijo! ¿A qué juegas? ¿A ser Dios?

—Susanna, me ha dicho que os quiere mucho, que quiere que volváis a vivir, que disfrutéis de vuestros otros hijos, que vaya donde vaya estará siempre entre vosotros, que...

—¡Te lo estás inventando! ¡Farsante! ¡Demuéstrame que dices la verdad! —gritó la madre.

En aquel momento fue Manel quien cogió las manos de ella.

—Os pide perdón. Perdón por sus últimas travesuras. Perdón por haberos desobedecido y haber ido a esquiar fuera de las pistas cuando se lo habíais prohibido. Perdón por haber acusado a su hermano pequeño de haber roto ese jarrón cuando en verdad había sido él. Y perdón por haber escondido el pasaporte de su padre para que no se fuera de viaje..., lo encontraréis detrás del póster del Barça de su habitación.

Los padres se abrazaron, llorando.

Manel se limpió las lágrimas que empezaban a inundar sus ojos.

El doctor Vinyals lo miraba desde detrás de los padres mientras apoyaba las manos en sus hombros.

Manel se tocó la cabeza con una mano, levantó la vista de la mesa y miró al doctor mientras leía en sus labios:

"Gracias".

Silenciosamente, decidió abandonar la sala.

Salió al pasillo. Se golpeó la cabeza con la pared. En el fondo, sentía rabia por haber puesto un granito de arena para conseguir la muerte de una persona, de un niño. Dio un puñetazo a la pared y salió decidido hacia la habitación 731.

Entró sin miramientos y se plantó delante de Marc. Le quería recriminar que le hubiera pedido aquello y le involucrara en esa decisión.

Lo vio tal y como le había dejado. La misma postura, el mismo rictus, la misma mirada.

Se detuvo unos instantes. Su rabia fue disminuyendo. Los puños cerrados por el resentimiento contenido dieron paso a la relajación de la comprensión.

Cogió una esponja y la mojó. Suavemente se la pasó por los labios secos. Luego le puso las gotas oculares.

Le cogió de la mano y, con un tono sereno, le dijo mientras se levantaba las gafas con la mano que tenía libre:

—Marc..., ya está...

«Gracias, Manel. No sé cómo te has podido comunicar conmigo, pero gracias por tu ayuda y por liberarme de un infierno».

—Adiós, Marc. —Y se retiró de la habitación en silencio.

***

Al día siguiente recibió una llamada del doctor Vinyals. Los padres habían aprobado la eutanasia sugerida por el equipo médico. Se haría aquella misma tarde.

Los siguientes días no fueron fáciles para Manel. Diferentes sensaciones le invadían el cuerpo.

La experiencia con Marc le hacía dudar de su propósito de operarse. Puede que el doctor Vinyals tuviera razón y podía mejorar la situación buscando un nuevo camino para su don.

Una semana más tarde, un mensaje del doctor Vinyals lo despertó.

—Manel, pásate esta mañana por la consulta. Hay distintos casos en el hospital que me gustaría que atendieras.

Y de esa manera empezó todo.

No todas las visitas eran tan duras como la de Marc; algunas eran de problemas del habla por distintas causas, otras de personas deficientes, otras de carácter psicológico...

El doctor Vinyals se encargó de colocarle en el hospital como asesor psicológico, con una nómina y un fee por visita realizada.

Su móvil no paraba de sonar. De un hospital pasó a otro.

También se encargaba de casos de carácter privado, empresas de recursos humanos, incluso empezó a trabajar para la policía.

Tanto era el trabajo que le venía encima que finalmente decidió dejar su puesto en la empresa de impresión al no poder compaginarlos.

Todo marchaba sobre ruedas, los trabajos le hacían sentir realizado. Poco a poco, iba llenando ese vacío.

—No, no, mañana no podré... ¿Qué día? No lo sé aún, déjeme su teléfono y le llamaré. —Manel colgó el móvil mientras entraba en la recepción del hospital.

Él se hacía paso entre la multitud para llegar a tiempo a su visita.

—¡Manel! —le llamó Vinyals mientras le cogía del brazo.

—¡Ei, Jordi! Ahora no puedo, es que...

—Hemos de hablar. Sé que se te ha disparado el trabajo, y te quería comentar que ha quedado libre un despacho en la segunda planta. Podrías buscarte un ayudante y establecerte ahí, así estarías más organizado —propuso el doctor.

—Mmm, sí, lo hablamos, ¿de acuerdo? —respondió Manel mientras miraba por encima del hombro del doctor a un grupo de gente que estaba detrás.

Sorprendido, vio cómo una chica rubia de cuerpo envidiable se acercaba a ese grupo y, con una sutilidad y caradura increíble, puso la mano dentro del bolso de una de aquellas personas, sacando el monedero y poniéndoselo dentro de su cazadora tejana.

Antes de que el monedero llegara al escondrijo de aquella rubita, una mano la detuvo.

—¿Dónde vas? —le preguntó Manel en voz baja.

Ella trató de salir corriendo, pero él la sujetó con fuerza.

—Tranquila —le dijo.

Seguidamente, Manel tocó el hombro de la propietaria del monedero con la mano que tenía desocupada.

—¡Perdone! Creo que es suyo, se le cayó al suelo —le dijo Manel mientras forzaba el brazo de la chica en dirección a la mujer para que le devolviera el monedero.

La mujer lo cogió, no sin dificultad, ya que la chica lo retenía con fuerza.

—Gra... gracias —dijo la mujer mientras luchaba contra aquella chica que no quería dejar ir su botín.

Finalmente, le arrancó de la mano y la miró con cierta desconfianza.

—De nada —dijo la chica haciendo una mueca de asco.

Manel aún la sujetaba por el brazo. La chica se lo quedó mirando con sus enormes ojos, sonrió de manera falsa y le dijo:

—Gracias..., capullo.

Manel la sujetó del brazo con más fuerza, y ella continuó hablando:

—¿Qué te piensas? ¿Que tengo miedo? Me da igual lo que me hagas. ¿A la policía? Pues a la policía —decía la chica con un tono chulesco y con la sonrisa más juvenil que había visto en su vida.

—No. Nada de policía. Sé que lo haces para pagarte los estudios y ayudar a tu familia. ¿Quieres trabajo? —preguntó Manel.

—¿Me tomas el pelo? ¡No pienso hacer de fulana! —contestó con tono desafiante.

—No, de secretaria por las mañanas, así tienes tiempo para estudiar por las tardes.

—¿Cuánto me pagarías?

—¡Eh! Eso ya lo hablaremos cuando te presentes a mi despacho dentro de dos días. Pregunta por el despacho de Manel Fargós en recepción.

—¿Lo dices en serio? —preguntó con la inocencia propia de una chica de dieciocho años.

—Claro que sí... Por cierto, ¿cómo te llamas?

—Paula —respondió de forma más dócil.

—Pues, Paula, te espero dentro de dos días. —Soltó su brazo—. ¡Ah! Una cosa... ¿Sabes leer y escribir?

—Qué borde —contestó ella riendo mientras se iba alejando con un andar más propio de una modelo que no de una ladrona.

Manel se acercó de nuevo a Vinyals.

—Acepto la oferta del despacho —dijo con tono animado.

—¡Perfecto! —dijo el doctor—. ¡Pero cuidado con lo que haces, joder! Que podría ser tu hija —insinuó mirando a la chica que se alejaba.

—Tranquilo, ja, ja, ja... ¡Claro que podría ser mi hija!

LA ESTABILIDAD

-9-

Todo iba sobre ruedas, los días pasaban y cada vez estaba más fuerte y contento consigo mismo. Parecía que al fin había encontrado su camino, el que lo hacía feliz; colaborar con aquella gente utilizando su don en beneficio de otros y no en el suyo propio le hacía sentir bien, mejor dicho, muy bien.

Su vida transcurría tranquilamente, sin altibajos, en una línea recta paralela a un estado emocional estable.

Reía a veces con sus amigos, se entristecía otras veces por la pérdida de alguno de los niños en fase terminal, pero se sentía feliz con su trabajo.

Solo había un pero, la soledad le invadía cada vez que llegaba a casa, le faltaba alguien que le esperase, alguien a quien ir a buscar, alguien a quien poder llamar para contarle lo que había pasado, alguien a quien preguntarle qué le pasaba, en definitiva, alguien a quien querer y con quien sentirse querido.

Tras la pérdida de Mireia, no tenía esperanzas de encontrar a nadie con el que tener la complicidad suficiente, una persona con la que se pudiera expresar siendo él mismo, con quien compartir parte de su vida sin miedos ni desconfianza. Sí que le importaba, pero daba por descartada esa posibilidad y, aunque había tenido algún que otro affaire de tipo sexual con algunas compañeras de los hospitales, la palabra amor había desaparecido de su diccionario particular.

Como cada día, esperaba de pie el tren. La

puntualidad era una de las cosas a las que se había acostumbrado.

Con el tiempo, había ido cambiando el modelo de sus gafas, y los diseños eran cada vez más actuales; eso sí, con los cristales especialmente oscuros, lo que le daba una imagen más de persona invidente que no la de un hombre con poderes.

Más de una vez le ofrecían el asiento cuando el tren iba abarrotado, el cual aceptaba si veía que la persona que le cedía el sitio era un joven bien plantado que podría estar de pie los veinte minutos de trayecto que separaba la estación del centro.

Aquel día no hizo falta esperar el detalle de un alma caritativa, enseguida encontró un asiento libre.

Sin prisa, fue a sentarse ahí.

Estaba en el lado de la ventana, el único obstáculo era cómo acceder a su sitio saltando por encima de la señora que ocupaba el asiento del lado; una señora enorme sacada sin lugar a dudas de un catalogo de Chillida.

No sin dificultad, pudo esquivar aquella bola enorme y se dejó caer sobre el asiento. En ese momento, sin querer golpeó las piernas de la persona que estaba en frente.

—Perdone —dijo Manel sin ni siquiera mirar a la persona.

—No pasa nada, está perdonado. —Escuchó. Le pareció que esa persona no era española, ya que, aunque hablaba bien el castellano, tenía un acento peculiar. Por cómo pronunciaba el sonido r, Manel dedujo que debía de ser de nacionalidad francesa.

Levantó la mirada para asumir la culpa y agradecerle su serena respuesta. Se la quedó mirando oculto tras la discreción de sus gafas.

No era una persona cualquiera. Era una mujer elegante; llevaba un vestido negro que se ajustaba perfectamente a las medidas de una mujer delgada. No era demasiado alta, pero tenía un cuerpo proporcionado que, pocos años atrás, debía haber causado furor en las noches de Barcelona. También llevaba un foulard verde que daba color a aquella cara con el toque de bronceado perfecto, ni mucho ni poco. Una nariz y unos labios sin excentricidades daban paso a unas grandes gafas negras de marca conocida que escondían gran parte de aquel cutis que, de seguro, había sido tratado día y noche por las mejores cremas del mercado. Un bolso grande medio lleno la acompañaba en su asiento.

Él siguió su particular radiografía y lo que más le sorprendió fue su calzado. Llevaba unas deportivas de diseño, del mismo color que su vestido; aquella pequeña diferencia rompía absolutamente con el conjunto serio y señorial que llevaba esa mujer.

Manel decidió que ese pequeño detalle de originalidad le daba el toque de misterio por el cual valía la pena aventurarse.

—Perdona de nuevo, ¿te he hecho daño? —Se atrevió a decirle.

—¿Ah? ¿Cómo? ¿Me preguntas a mí? —respondió seriamente.

—Sí, sí, por el golpe de antes, ya sabes... A veces soy un poco torpe.

—Tranquilo, ningún problema. Estoy bien, gracias. —Decir que su tono era serio se quedaba corto. Cada vez le parecía más misteriosa y sensual.

—... Y la verdad, ya podrían hacer un poco más anchos los asientos de estos trenes —añadió Manel mientras la señora exageradamente voluminosa asentía con la cabeza, como si la conversación también fuera dirigida a ella.

—Sí, chico —dijo su vecina de asiento rompiendo el hilo conductor que él quería conectar con la mujer que tenía delante—. Yo me he quejado muchas veces al ayuntamiento. No hay derecho que paguemos tantos impuestos para tener esta porquería de servicios. Es más, estoy recogiendo firmas para...

Manel se apoyó de nuevo en su asiento mientras murmuraba joder con cara de "ya me han jodido el plan". Miró a la mujer que tenía delante como pidiéndole disculpas.

Ella le sonrió levemente por debajo de esas gafas, dejando ver dos dientes incisivos un poco más grandes de lo normal, los cuales le daban un aire divertido y juvenil. Fue cuando mostró el primer punto de debilidad, el cual Manel tomó como una oportunidad a la cual se aferró como si fuera el último tren del día.

La señora de su lado seguía parloteando sobre el alcalde, las corrupciones políticas e, incluso, sobre la casa real, pero por suerte se dirigía al señor que tenía en frente. Este, con cara de pena, tuvo que dejar de leer su diario deportivo para hacerle un poco de caso y esperar cualquier interrupción —que la mujer se atragantara o que llegase a su parada— para poder seguir leyendo.

Manel intentó de nuevo introducirse en aquella pared negra donde la pequeña sonrisa había dejado una fisura de luz.

—Bien, es la tercera vez que te pido perdón. Parece por tu acento que no eres de por aquí, ¿eres francesa?

—Sí, aunque hace muchos años que vivo aquí y entiendo y hablo perfectamente el español. Y ya estás perdonado, ¡como mínimo por tu insistencia! —Y ella sonrió de nuevo.

Eso le relajó y se encontró más cómodo. La fisura iba haciéndose cada vez más grande y mostraba más claridad, y, aunque ella seguía con su apariencia seria y una postura distante, había algo que hacía que se interesara por aquella mujer.

Debía medir sus palabras, no le gustaría parecer un seductor ferroviario que acostumbraba a acosar a mujeres en el tren, ni un pesado de esos que dan conversación en los ascensores o, incluso, en la cola del cine.

—Otra pregunta —dijo él—, ¿andas mucho?

—¡Ja! —Hizo un sonido monosílabo en un tono que no correspondía mucho a su aspecto señorial —. ¿Por qué lo preguntas??

—No, por nada, solo que me he fijado en tu

calzado y, aunque las encuentro muy chulas, me choca un poco con el resto de lo que veo, solo eso. —Él trago saliva.

—¿Te gustan? A mí también, por eso las llevo.

Aquella mujer no regalaba ni una palabra más de las que hacían falta. Nada era gratuito, pero no sabía por qué la atracción era cada vez más fuerte.

Él, por unos momentos, se quedó cortado sin saber cómo continuar con aquella conversación. Por suerte, ella añadió:

—De todas formas, me alaga que te gusten. ¿Cómo te llamas?

—Manel, bueno, Manuel, si prefieres —dijo pronunciando la palabra con un marcado y torpe acento francés de forma cómica.

—Hola, Manel, yo soy Marta. ¿A qué te dedicas? Si se puede saber, claro...

—Soy asesor externo de hospitales. Hago de medio entre los enfermos y sus familiares o doctores —resumió él de la mejor forma—. ¿Y tú, Marta? Si se puede saber, claro.

—Pues en este sentido he tenido suerte y no trabajo. Tengo todo lo que necesito tener —dijo ella en un tono serio y sin mover un solo músculo de su rostro.

—¡Ah! ¿Y en qué sentido no has tenido suerte? —La pregunta le salió del alma—. Por que claro, si me dices que "en este sentido he tenid...".

—¡ÚLTIMA PARADA! Plaça de Catalunya. —Se escuchó a través del altavoz del vagón.

—Ha sido un placer..., Manel..., gracias... —dijo ella poniendo sus estilizadas manos sobre los apoyabrazos del asiento y haciendo el gesto de levantarse.

Manel instintivamente le puso la mano sobre una de sus delgadas rodillas y alzó la voz:

—¡Un momento!

La vecina obesa y el señor diari interruptus se quedaron parados con cara de sorpresa en medio del pasillo al escuchar el grito de Manel.

—¡Qué chalado más pesado! —estalló la corpulenta mujer empujando al pobre hombre, quien iba recibiendo golpes por todos lados.

—No, no te vayas. No te vayas aún —pidió Manel todavía con la mano encima de la rodilla de ella.

Notaba la fuerza que ella hacía para poder marcharse. En unos instantes, aquella resistencia dio paso a la relajación.

—De acuerdo. Dime, ¿qué quieres saber? —Volvió a sentarse en el asiento.

—Marta..., ¿te puedo llamar Marta, no? Antes me has dicho que "en este sentido habías tenido suerte", quería saber en qué sentido no habías tenido suerte.

Estaban solos en el vagón, el silencio era

absoluto. El rato que estaba el tren en la parada era de unos diez minutos, suficiente para intentar descubrir el secreto que guardaba aquella inexpugnable mujer.

Uno sentado delante del otro. Inmóviles. Esperando alguna respuesta u otra pregunta. Él estaba con las manos sobre sus propias piernas y ella, cogiendo su bolso con las suyas. Las gafas de ambos evitaban el cruce de miradas. Todo era una incógnita.

De repente él rompió el silencio.

—¿Aún no te has dado cuenta, Manel? Soy la persona más agraciada en algunas cosas y la más desagraciada en otras. Tengo dinero, ceno en los mejores restaurantes, accedo a lugares donde la mayoría de la gente no podrá acudir nunca, recibo masajes casi a diario... En fin, tengo todo lo que alguien podría desear.

Hizo una pequeña pausa y continuó:

—Pero al mismo tiempo soy incapaz de ver lo que tengo al lado, de valorarlo, de apreciarlo en su máxima expresión, de sentirlo en su plenitud, de...

—Pero esto es cuestión de hacer un paso hacia atrás, de ser más humilde, ¿no crees?

—Manel, no has entendido nada... —dijo ella mientras ponía, no sin dificultad, su mano sobre las de él—. Soy ciega de nacimiento.

Manel se quedó sin palabras por un instante.

—Perdona, no me había fijado y, créeme, soy

bastante observador en estos casos, pero tu elegancia y porte no me han dejado ver más allá —confesó él.

—No importa, Manel, me ha gustado tu voz, tu naturalidad y atrevimiento. Pero dime, ¿siempre tienes que pedir perdón por todo lo que haces? Es la cuarta vez en veinte minutos que te disculpas.

»No intentes ser tan cortés conmigo, háblame sin miedo, como tratarías a cualquier mujer que acabases de conocer. Porque a pesar de no saber cómo es el mar, cuál es el color rojo del fuego o cómo es el rostro de un amante, sí sé que el mar es húmedo y salado, que el fuego da calor y lo que te puede hacer sentir un buen amante.

»Asumo lo que soy, el problema que tengo, y no creo que nadie me pueda ayudar a mejorar. Y, créeme tú ahora, lo he intentado todo. No es resignación, es la realidad.

Él se quedó en silencio mientras las puertas del vagón se abrían de nuevo dando paso a los nuevos viajeros.

Manel entendió en ese instante muchas cosas: el porqué de aquella seriedad, de aquella apariencia de desconfianza, el de no extenderse más de lo necesario en sus respuestas, de aquella fachada distante y altiva. Pero aquellas palabras que había escuchado le hacían creer que dentro de ese bloque de hielo había algo más.

Al momento vio que, siendo tan distintos aparentemente, interiormente tenían muchas cosas en común, y que si pudiera entrar en su interior podría conocerla un poco más.

Y se decidió a hacer aquello que solo hacía por motivos profesionales.

—Marta, ¿puedes confiar en mí un momento?

Tardó un par de segundos en contestar.

—No sé si debería... Pero después de tantas disculpas te lo has ganado —respondió ella.

Manel tragó saliva, con una mano se quitó las gafas y las dejó encima de su regazo. Cerró y abrió los ojos un par de veces antes de dirigir sus dos manos hacia la montura de las gafas de Marta.

Cogió las patillas y, lentamente, las fue retirando de aquel rostro cada vez más bonito, dejando atrás unos cabellos negros, teniendo cura de no rozar esa naricita. Las dejó encima de su bolso.

Marta estaba inmóvil y sus ojos, cerrados.

—Marta, ábrelos, por favor.

Poco a poco aquellos pequeños ojos almendrados se fueron abriendo. Un color marrón intenso adornaba aquel rostro. Marta se sintió desnuda, sin protección.

—¡Va! ¿Ya estás? —preguntó ella poniéndose la mano encima del bolso para buscar sus gafas con intención de protegerse de inmediato.

—No, espera un momento —exclamó con un tono serio.

Comenzó a mirar esos ojos marrones buscando el interior, lo más hondo posible, para poder sorprender a aquella mujer con cualquier adivinanza de sus pensamientos.

Pasaron unos instantes.

No podía ser, ¡no veía nada! No veía ni una imagen, ni un pensamiento dentro de ella.

¿Nada? Esa mujer tenía sentimientos, se lo había demostrado hace apenas unos instantes.

«¡No puede ser!», reflexionó Manel.

De inmediato, llegó a la conclusión que debía ser a causa de no haber visto nunca un color, un animal o un objeto. Por eso, sus pensamientos no tenían imágenes descifrables para él.

La tristeza lo invadió. Aquella mujer no podría ver nunca lo que la rodeaba, desde la sonrisa de un niño pequeño hasta una puesta de sol, como la que él vio una y otra vez en un pasado no muy lejano y que recordó nuevamente en aquel instante, inducido por la pena de su fracaso al querer dar a alguien algo que era imposible.

Al oír el ruido del cierre de puertas del tren, su mente volvió de nuevo a la realidad, dejando atrás las playas de Formentera, y se encontró a un metro de Marta, todavía mirándole a los ojos.

Él se echó hacia atrás en su asiento.

—Lo siento..., pensaba que... —Se calló al ver que ella seguía inmóvil con la espalda despegada de su asiento, mientras las lágrimas brotaban de aquellos ojos marrones—. ¿Qué te pasa? —preguntó mientras le cogía las manos.

Ella seguía llorando, inmóvil, perpleja, fría.

—¿Qué te ocurre? ¿Marta? ¡Di algo, joder! —exclamó con un tono de voz más alto.

Notó cómo ella le cogía los dedos con fuerza, como si estuviera asustada, y empezó a abrir los labios húmedos por sus propias lágrimas.

—He... he... he visto algo.

—¿Qué? ¿Pero qué dices? —contestó Manel con nerviosismo.

—Era precioso —dijo ella un poco más serena.

—Pero, ¿qué era? ¿Qué te has imaginado?

—No, no era imaginación, era real. Era calma absoluta, melodía, poesía... Creo que según lo que me han contado era... una puesta de sol.

El tren había arrancado de nuevo. Como le había dicho el doctor Vinyals hacía un tiempo: "el tren volverá a pasar".

¿Su destino? No importaba, estaba bien acompañado.

***

No buscaron ninguna respuesta, no quisieron descubrir cuál era la fórmula mágica de aquel milagro con el que ella podía ver a través de los ojos de Manel. Solo se dedicaron a aprovecharlo, a disfrutar de viajes inesperados, de obras de teatro en las ciudades de alrededor del mundo, de las maravillas de colores que daba el otoño, del color azul del mar. De todo eso que les rodeaba.

Todo empezó por necesidades mutuas. Ella, gracias a Manel, podía ver todo lo que siempre le habían explicado pero que nunca había podido imaginar y también valorar las cosas en total plenitud. Él, gracias a Marta, se sentía requerido, reclamado y tenía alguien con quien vivir experiencias sin miedo a conocer su interior, sin estar inducido a comportarse de manera poco auténtica.

Se convirtió en una relación de complicidad, confianza, estabilidad y amor... Puede que fuera un tipo de amor distinto, no tan pasional como los de antes, pero seguramente más sólido y no menos valioso.

Era la primera vez en su vida que, aunque quisiera, no podía utilizar su don para saber más de la otra persona.

Alguna vez lo echaba de menos, no estaba acostumbrado a esa situación y, aunque le encantaba esforzarse para complacer a su pareja, le ponía nervioso no saber qué podía apetecerle o si había tomado la decisión correcta. Pero al mismo tiempo le hacía feliz saber que eso era lo que una persona normal debía afrontar. Era una relación donde se cometían errores, donde había malentendidos y discusiones.

Así que era una relación auténtica, y así la disfrutaba... Y así la sufría.

Se encontraban en el *Castell de Puilaurens*, Marta estaba sentada en el muro de cara a Manel, agarrándolo por la cintura con sus piernas. Mientras él miraba los campos de viñas de la *Provença*, ella gozaba, al mismo tiempo, de aquel paisaje precioso a través de los ojos de él.

El sol iba desapareciendo por el horizonte. El suave viento hacía que los cabellos de Marta envolvieran su rostro. Manel se los apartó delicadamente y ella, con un gesto dulce, echó la cabeza para atrás.

—¿Marta?

—Dime.

—¿Me estás utilizando?

—¿Cómo? No te entiendo.

—Te pregunto si sientes algo por mí o si estás conmigo porque de esta forma puedes disfrutar de lo que siempre has soñado.

—Manel, entiendo perfectamente que puedas llegar a pensar esto porque realmente lo que me has dado, y me das en cada momento, es inimaginable, y no te lo podría devolver ni con todo el oro del mundo. Pero también quiero que sepas que si no sintiera amor, no estaríamos aquí.

»Sé que es difícil para ti confiar en mis palabras sin poder ver dentro de mí si es verdad o no, pero tienes que aprender a hacerlo. Claro que siento amor por ti.

—Te creo, y perdón...

Marta le tapó los labios con su dedo de inmediato, antes de que acabara.

—¡Y basta de pedir perdón! ¡Que no has matado a nadie! ¡Ja!

Y se fundieron en un beso entre cabellos y olores de viñas secas.

***

Pasó un tiempo.

Él entró en casa con un ramo de rosas, dirigiéndose directamente al comedor, donde ella estaba sentada en el sofá.

Al oírle, Marta sonrió.

Manel se acercó, alargó el ramo hacia el rostro de Marta, quien inspiró hondo con los ojos cerrados. Al abrirlos, miró a Manel y le dijo:

—Siempre aciertas con el color. ¡Cómo sabes que me gustan las rosas rojas! —Y le dio un beso.

Se levantó, lo fue empujando hacia el sofá grande y le dio un pequeño empujón que le hizo caer de culo sobre el blando cojín. Ella se sentó en su regazo, de cara a él, y le puso un dedo en los labios para que guardara silencio.

—Me han gustado tus rosas, ahora déjame darte mi regalo.

Calló unos momentos, puso su boca lo más cerca posible de la oreja de Manel y le dijo con la voz más dulce que había escuchado nunca:

—Estoy embarazada.

EL FINAL

-10-

La enfermera le ayudó a colocarse aquella bata verde, atándosela por detrás. Mientras tanto, Manel, que ya llevaba el gorro de quirófano, se ponía la mascarilla.

Estaba acostumbrado a ese ritual, ya que en sus visitas a los hospitales tuvo que vestirse así para entrar en habitaciones esterilizadas o, incluso, en salas de operaciones. Pero esta vez era muy diferente; los nervios le atacaban, estaba aterrado. Su estado no le permitía hacer el nudo correcto a la mascarilla y la seria enfermera tuvo que ayudarle. El corazón le iba a cien, las primeras gotas de sudor ya hacían presencia en su frente.

Mientras daba el último vistazo a sus posesiones, las cuales había dejado encima de un taburete con la ropa bien doblada, los zapatos y, en ese caso, las gafas, oía las palabras de la enfermera:

—Manel, tenemos los mejores médicos, no se preocupe. En caso de sentirse mareado, avíseme de inmediato y le llevaré fuera. Si hay complicaciones y el doctor ordena que salga, no pregunte, obedezca al momento. Lo mantendremos informado. ¿Lo comprende?

—Sí, sí... Ok... Todo bien, todo bien, pero... ella... ¿ella está bien? —preguntó Manel con miedo.

—Ahora nos lo dirá el doctor. —Fue la única respuesta de la enfermera.

Ella abrió las puertas con su hombro y, con paso decidido, exclamó:

—¡Rápido! ¡Vamos!

Él seguía a aquella mujer de andar rápido, esquivando a interinos y a doctores a una velocidad endemoniada, mientras se maldecía a sí mismo por no haber tenido el móvil encendido.

***

Como de costumbre, había llegado a su despacho a las ocho y media de la mañana. Paula ya tenía preparados, como cada jornada, los informes de las visitas programadas, con el historial de cada paciente y dónde se realizaba la visita.

Los repasó rápidamente: dos en el *Hospital Vall d'Hebron*, dos más en el *Hospital Sant Joan de Déu* y la última, en la prisión de la *Model*. Todos quedaban relativamente cerca, por lo que podría ir por la tarde a la revisión rutinaria de los siete meses de embarazo junto a Marta.

El embarazo había ido bastante bien hasta aquel momento, solo las típicas molestias del principio (mareos y náuseas). Unos decían que el motivo era porque se trataba de un niño, otros decían que era porque llevaba una niña. De hecho, no querían saber el sexo del bebé hasta el día de su nacimiento. Por eso, Manel se encargaba de entrar a las visitas del ginecólogo con las gafas puestas, para poder preservar aquel secreto hasta el último momento. Las ecografías habían sido positivas desde el primer mes y, por ello, no debía preocuparse.

Sí que hacía falta prestar más atención a Marta, ya que su incapacidad junto a su independencia innata, hacía que el peligro de recibir golpes o caídas durante sus solitarias caminatas diarias fueran constantes. Pero por mucho que Manel tratara de hacérselo entender, no parecía ser negociable debido a la terquedad de ella.

Había tratado de convencerla para comprar una cinta de correr y ponerla al subterráneo, pero la respuesta de ella era siempre la misma:

—¡Ja! ¿Qué te piensas? ¿Que soy un hámster?

—Pues los dientes ya los tienes... —contestaba él de forma burlona.

Y reían juntos.

Hacía tiempo que Manel había entendido el porqué de aquellas deportivas.

***

Ella despertó un rato más tarde que Manel. Había escuchado cómo se duchaba y vestía. También había notado cómo la besaba mientras ella se hacía la dormida y le susurraba a la oreja:

—Buenos días, cariño.

Tras remolonear en la cama, decidió levantarse. Era cierto que con el embarazo el sueño y las horas de dormir habían aumentado y, por ese motivo, se quedaba más tiempo en la cama.

Salió de la habitación y fue hacia la cocina. Estaba claro que ella se movía por la casa como si nada. Mientras todo estuviera en su sitio, no había ningún problema, y de eso ya se encargaba Manel.

Tras celebrar una cena con gente, recibir visitas o lo que fuera que pudiese alterar la distribución natural de aquella casa, Manel la reconstruía fielmente a la original.

Entró en la cocina. Tocó la mesa con su mano para comprobar si él le había preparado el desayuno, como ya había hecho otras veces.

Sonrió al palpar un plato con tostadas y un vaso de zumo de frutas, el cual probó hundiendo el dedo dentro y lamiéndoselo después.

Caminó hacia la nevera para coger la mermelada y palpó la puerta, preguntándose si habría alguna nota de parte de Manel escrita con las pequeñas letras imantadas, las cuales ella podía leer al repasarlas con el dedo.

Había acertado, había algunas letras pegadas. Puede que fuera un recordatorio para el ginecólogo de aquella tarde o un aviso para el fontanero para que reparase el desagüe.

Buscó el inicio de la frase. Palpó una L, luego una O, y siguió... Al final pudo leer:

¿LO MEJOR DE ESTOS AÑOS?
TÚ
TE QUIERO

Suspiró y abrió la nevera mientras reía.

Cerca de las once de la mañana, se calzó sus deportivas y salió de casa. Descendió por la calle con su bastón y, cómo no, con paso decidido.

***

Manel había hecho las cuatro primeras visitas de la mañana sin ningún problema. Las distancias se acortaban cuando ibas en moto, ya que, de esta forma, evitaba el tránsito. Hoy no había alargado demasiado la conversación con sus colegas de departamento del Hospital Sant Joan de Déu para poder estar en casa tras la comida.

Solo le faltaba visitar la Model. No eran sus visitas favoritas, le gustaba mucho más tratar con niños, personas enfermas o doctores que no con prisioneros y policías, pero eso representaba una fuente de ingresos mayor que las demás y no podía desestimar aquellas ganancias.

Ni los altos cargos entendían exactamente cuál era la tarea de Manel, ni quién le había introducido en aquel mundo y, mucho menos, cómo lo hacía para sacar toda esa información de un prisionero sin emplear ningún tipo de violencia ni hacer muchas preguntas. Solo tenían órdenes de arriba de dejarlo entrar en una sala con el recluso sin nadie más dentro. Y así lo hacían.

—Buenas tardes, señor Fargós —saludó el joven policía que estaba detrás del mostrador—. Debería darme todos los objetos que lleva encima, incluso el cinturón. No podemos permitirle entrar en la sala con un recluso llevando cualquier cosa que pudiera utilizar en su contra. Y ya sabe, si hay algún tipo de problema, pulse el botón de debajo de la mesa y mis compañeros entrarán enseguida para ayudarle.

—Entendido —dijo Manel mientras se quitaba el reloj, el cinturón, las llaves y las monedas. Finalmente, se sacó el móvil del bolsillo y lo miró:

ningún mensaje. Lo apagó y le dio al joven. Por último, se sacó las gafas y las puso encima del mostrador.

El interrogatorio era a un presunto homicida. No habían encontrado el arma del crimen, por lo cual estaba a punto de que su abogado consiguiera sacarle de la prisión. Por eso habían acudido a Manel con urgencia.

Le abrieron la puerta. Dentro de aquella fría sala estaba el recluso sentado en una silla detrás de la mesa. Justo al lado de la puerta, un policía le había estado controlando.

—Gracias —le dijo Manel con un gesto de cabeza en señal de que podía abandonar la sala.

La puerta se cerró detrás suyo. Caminó hacia la mesa donde estaba la silla vacía, delante del recluso. Se sentó.

El preso lo miró con cara de sorpresa.

—Qué mierda de interrogatorio, ja, ja, ja —dijo el hombre riendo con las manos esposadas—. Pensaba que enviarían a un par de polis cachas para machacarme y me traen una especie de profesor amariconado. ¡No me sacarás nada! ¡No hablaré! Dentro de unas horas estaré fuera y, créeme, te podría hacer mucho daño, mucho. ¿Qué, niñita? ¡Di algo! ¿O estás acojonado?

Manel lo miró con tranquilidad.

—¡Venga, maricón! ¿Qué vas a hacerme? ¿Me vas a golpear con tu bolso? Ja, ja, ja —se burló el hombre.

Manel seguía observándolo a medio metro de distancia, inmóvil, hasta que al final dijo:

—Ya hemos terminado. Gracias.

—¡Joder! ¡Qué mierda! ¡Cuando salga iré a por ti y tu familia! ¡No dormirás tranquilo nunca más! —chilló el prisionero.

Manel sabía que eran amenazas sin ningún tipo de valor, pero el solo hecho de haber escuchado por primera vez una amenaza hacia su futura familia le puso furioso. Inclinó el cuerpo hacia delante, se quedó mirando al prisionero a menos de vente centímetros de su rostro y dijo:

—¡Eh! Sobrado... ¿No crees que podrías haber escondido un poco mejor la pistola y no ponerla dentro de aquel azulejo del garaje que pensabas que era secreto? ¡Te vas a pudrir aquí dentro, imbécil!

El hombre se quedó mudo, se puso rojo y saltó encima de Manel. Con las dos manos le agarró por el cuello.

—Te voy a matar, cabrón. —Mientras le estrangulaba.

Manel, en lugar de asustarse e intentar pulsar el botón, lo miró a los ojos y le dijo con la voz rota –por la presión de sus manos– pero con tono tranquilo:

—Sé que no es tu culpa. Sé que de pequeño tu padre te pegaba y te violaba mientras tu madre hacía ver que no pasaba nada. Sé que te obligaron a drogarte desde los diez años, cuando lo único que deseabas era ir a jugar a pelota con tus amigos... Sé que no es tu culpa.

La fuerza de sus manos fue disminuyendo hasta dejarlo libre. El hombre se retiró y cayó sobre la silla de nuevo, se puso las dos manos en la cara y rompió a llorar como un niño pequeño.

Manel se levantó, se dirigió a la puerta y dio dos golpes para que le abrieran.

De repente, el recluso se dirigió hacia él con el rostro lleno de mocos y lágrimas.

—¿Cómo sabes todo esto? Por favor, no te vayas. ¡Sígueme hablando! ¡No me dejes!

—Tranquilo, nos volveremos a ver —contestó Manel.

Le abrieron la puerta y salió.

—¿Todo bien? —Le preguntó el joven policía del mostrador.

—Todo bien, ningún problema. Es muy urgente —respondió Manel mientras entregaba el informe con todos los datos sobre el sitio donde se encontraba el arma homicida.

Dio un golpe encima de la mesa en señal de despedida mientras cogía con la otra mano todas sus posesiones.

—Hasta pronto —dijo Manel dirigiéndose hacia la puerta de salida.

***

El placer que suponía para Marta el hecho de andar sola a un ritmo acelerado y constante es lo que la hacía sentir libre e independiente.

Hacía muchos años que andaba el mismo recorrido. Tenía las distancias controladas y el uso del bastón era solo por si encontraba alguna alteración fuera de lo normal en su camino.

Los médicos le habían recomendado que hiciera ejercicio diario durante su embarazo, lo que no suponían era que ella llevaba las cosas al extremo, pero eso era lo que la hacía excepcional y diferente según Manel.

Notaba el aire fresco en su cara. El movimiento de su foulard delataba la velocidad en la que andaba. Ya estaba de vuelta.

De repente, sin saber exactamente de dónde, escuchó un grito.

—¡Cuidado!

Marta se paró en seco. Se quedó inmóvil. Todos sus sentidos disponibles estaban alerta para intentar reconocer de dónde podría venir el peligro.

Oyó un frenazo cerca suyo, muy cerca, demasiado.

Contrajo la musculatura, encogió los hombros y apretó la mandíbula, esperando recibir el impacto desde vete a saber qué lado.

En cuestión de segundos, notó cómo a su alrededor pasaban objetos. Oía ruidos metálicos.

Se mantuvo inmóvil como un palo, deseando no ser la diana de alguno de ellos.

Un duro golpe desde el lateral la hizo rodar por el suelo. Atontada aún por el choque y asustado por los ruidos y gritos que oía a su alrededor, se puso de rodillas con esfuerzo. Instintivamente se llevó la mano entre sus piernas y notó la humedad, una humedad viscosa.

—¡Noooo! —gritó.

De repente, una voz le dijo:

—Túmbese, no se preocupe, la ambulancia está en camino. —Mientras notaba que le ponían una chaqueta detrás de la cabeza.

—¿El bolso? ¿El móvil? —preguntó ella cogiendo el brazo de aquel desconocido.

—Aquí lo tiene —respondió.

Ella puso la mano dentro del bolso para encontrar su móvil. Todo eran objetos sueltos que ni sabía qué eran. No lo encontraba. Seguía rebuscando en el interior de aquel saco.

—¡Aquí! —dijo la persona de su lado—. Aquí hay una mujer, está embaraza y… ¡está sangrando!

Marta, al escuchar esas palabras, volcó el contenido de la bolsa en el suelo. Desesperadamente, agarró al hombre por la camisa y le gritó entre dientes:

—¡Dame el móvil, cojones!

—Tenga, tenga —le respondió acojonado, sujetado aún por ella mientras acercaba el aparato a su mano.

Marta se lo acercó a la boca, pulsó el botón y dijo:

—Manel.

El marcador de voz automático se puso en marcha al momento, se acercó el móvil a la oreja mientras escuchaba.

—El número al que llama está apagado o fue…

Colgó. Se lo acercó de nuevo a la boca.

—Manel.

—El número al que lla...

Lo intentó por tercera vez mientras oía la sirena de la ambulancia cada vez más cerca.

Marta seguía tratando de comunicarse con Manel mientras los camilleros la subían a la litera. Cada vez estaba más mareada, la voz se le apagaba, el marcador automático no reconocía el nombre que decía… Todo iba desvaneciéndose mientras oía:

—Rápido, está perdiendo mucha sangre.

***

Manel corría para seguir a la enfermera.

Chocaba con doctores, enfermeros que venían en contra dirección y carros de medicina. Los pasillos estaban llenos de gente.

«¿Por qué he tardado tanto en enchufar el móvil? ¿Por qué?», pensaba desesperadamente.

Una vez lo había encendido de nuevo, supo que algo grave había sucedido al ver cinco llamadas perdidas desde el número de Marta y varias más desde su despacho. Finalmente, un mensaje de Paula le informaba que llamara urgentemente al hospital Quirón.

Marta había sufrido un accidente.

Traspasó una puerta donde ponía "quirófanos". Aquí ya no había tantas personas. Al final de aquel pasillo estaba un grupo de gente, todos con bata verde y mascarillas.

La enfermera se detuvo delante de ellos.

—Doctor Vila. El señor Manel Fargós, su pareja —dijo presentando a Manel al hombre más alto del grupo.

El equipo se disolvió como por arte de magia, quedándose solo con el doctor. Sin perder el tiempo, le expuso el parte médico.

—Hola, Manel, quiero ser sincero con usted. La situación es complicada. El golpe que ha recibido Marta es fuerte; además de diversas contusiones, tiene un par de costillas rotas que dificultan su respiración, un traumatismo craneal que ha provocado la pérdida del conocimiento desde que ha entrado en el hospital y, lo peor de todo, una hemorragia interna que le ha ocasionado una pérdida de sangre considerable.

Manel agachó la cabeza por unos instantes. Respiró hondo y, temiendo la respuesta, preguntó:

—¿Saldrá de esta?

«Difícilmente», leyó en sus ojos.

—Estamos haciendo lo que podemos. El ritmo cardíaco es muy bajo, pero hemos podido estabilizarlo hará unos instantes... Y, bien..., sé que lo que voy a decirle no será fácil para usted.

Manel dejaba hablar al doctor aunque ya sabía lo que iba a decirle, oía sus palabras muy lejanas mientras pensaba en qué podría hacer.

—Mire, Manel, la criatura que lleva dentro está bien, pero no aguantará con vida mucho tiempo dentro de ella. Tendríamos que provocar el parto. El problema es que no creemos que Marta aguante una cesaria, y sin estar consciente se hace inviable el parto natural. También debo ser franco al decirle que debido a la edad de Marta, en el caso de provocar un aborto a estas alturas, probablemente no podría volver a tener hijos.

»Necesito su aprobación para hacer lo que usted crea, luchar por la vida de ella y provocar un aborto, no sin peligro, o realizar una cesaria, lo que tendría mayores riesgos para Marta.

—Lo tengo claro, doctor, sálvela. Haga el aborto —dijo contundentemente.

El doctor se movió con rapidez hacia la entrada

del quirófano, acompañado de su equipo.

En aquel instante, Manel gritó:

—¡Doctor Vila! Un momento. Ha dicho que en caso de estar consciente la posibilidad de un parto natural es factible para la salud de los dos, ¿cierto?

—Sí, así es…, pero no es el caso. En estos momentos está…

—Solo le pido que me dé dos minutos antes de actuar —pidió acercándose al médico.

—Manel, el tiempo nos apremia, corremos el riesgo de perderlos a los dos.

—Dos minutos, doctor, ni uno más.

—Adelante, Manel, usted decide —dijo el doctor resignado.

Con los codos, los doctores abrieron las puertas del quirófano. La luz cegadora de la mesa de operaciones dejó deslumbrado a Manel durante unos instantes, quedándose de pie en la entrada.

—¿Manel? —escuchó—. No tenemos tiempo.

Lentamente empezó a visualizar la sala, había un grupo de cinco o seis médicos y enfermeras. Todos estaban rodeando la mesa de operaciones, mirándole.

Vio la cara de Marta, tumbada encima de la mesa con la máscara de oxigeno, con los ojos cerrados e inconsciente.

El único sonido que se oía era el de la máquina del ritmo cardíaco. Las pulsaciones eran bajas. Treinta por minuto.

El equipo médico le seguía mirando. Él fue acercándose hasta llegar a la mesa.

Manel cogió el rostro de Marta con sumo cuidado. Se giró hacia los doctores y enfermeras. Todos ellos lo miraban sorprendidos y expectantes por lo que iba a hacer. Volvió a mirarla a ella. Con una mano le aguantó el rostro y con la otra le abrió los párpados.

Se acercó a su mirada y le dijo:

—Marta…, mírame.

Todo el equipo le contemplaba, incrédulos. Primero por su actualización y, luego, por aquellas palabras dedicadas a una persona ciega.

Las pulsaciones iban bajando: 28, 27, 26… La enfermera hizo un gesto al doctor Vila, señalando la máquina. El doctor levantó un dedo para indicar que quedaba un minuto.

Manel empezó a pensar en todas las cosas bonitas que había vivido junto a ella; sus sonrisas, los lugares maravillosos de los que habían podido gozar, los besos, las puestas de sol...

25, 24, 23... El ritmo seguía disminuyendo...

—¿Manel? —dijo el doctor. —No podemos perder más tiempo.

Él seguía inmerso en sus pensamientos,

sujetando los párpados de Marta y pensando en su pasado, la pérdida de su madre cuando era un bebé, el sufrimiento de crecer sin ella, lo dura que había sido su vida de pequeño.

22, 21, 20...

—La perdemos, doctor —dijo una de las auxiliares.

El doctor se desplazó hasta Manel y le puso la mano en el hombro.

—Manel, por favor, déjenos intervenir.

Él no se inmutó. Seguía mirando los ojos de Marta, tratando de transmitirle sus pensamientos.

«No me dejes, por favor, no me dejes. Te necesito consciente. Puedes hacerlo. Puedes parir a esta criatura. Despierta. Perdóname por no haber estado contigo antes».

El doctor lo agarró más fuerte y lo apartó. Manel miraba el rostro de Marta mientras se lo llevaban.

—Empecemos —sentenció el doctor.

Las enfermeras empezaron a pasarle los utensilios al doctor. El anestesista acercaba todo su material para dormir, puede que por última vez, a Marta.

En ese momento, las pulsaciones volvieron a subir.

21, 25, 30, 37...

—¡Vila! —gritó la enfermera—. ¡Mire!

Marta había abierto los ojos. Giraba la cabeza de un lado a otro como si buscara algo o esperara escuchar una voz conocida.

—¡Manel! —dijo con voz trémula.

Él se acercó lo más rápido posible. Le cogió la mano y la besó.

Ella dijo algo en voz baja. No se la escuchaba.

Manel acercó su oreja a los labios de ella.

—¡Ja! ¿Creías que te iba a dejar solo? Y te he dicho mil veces que no pidas perdón por todo. ¡Venga! ¡Vamos a tener a nuestro hijo!

Los esfuerzos de Marta fueron brutales. El dolor ocasionado por las costillas rotas era inmenso para cualquiera, pero ella sacaba fuerzas de donde podía.

Manel estaba a su lado, dándole la mano e incitándola a empujar más y más. De vez en cuando, miraba a los doctores y veía que todo iba bien, sin peligro.

Finalmente, el doctor Vila dijo:

—¡Ya tengo la cabeza! Un poco más, Marta, un último esfuerzo y te dejamos tranquila. Muy bien, sigue así.

Ella cerraba los ojos por el dolor y usaba las pocas fuerzas que le quedaban.

—Un poco más —decía Manel.

De repente, el doctor chilló:

—¡Ya lo tengo! ¡Ya está!

Manel giró la cabeza y vio cómo sostenía por los pies a un pequeño bebé ensangrentado, pero con los enormes ojos abiertos de par en par.

—¡Es un niño! —les informó el ginecólogo preparándose para darle la bofetada en el culo para que llorase.

Manel miró a Marta.

—¡Es un niño! ¡Y es precioso! —le dijo a ella.

—¡Sí! Ya lo veo, gracias —contestó rendida y emocionada.

Manel volvió a mirar a su hijo.

Con los ojos abiertos, parecía que iba observando toda la sala. El doctor Vila alzó la mano para darle la bofetada cuando, de golpe y sin motivo alguno, la criatura rompió a llorar.

—Joder con el niño. Espabilada la criatura —sonrió el médico.

Manel se quedó parado observando ese acto, perplejo, viendo cómo se llevaban al pequeño para limpiarlo.

¿Podría ser posible que hubiera heredado el don?

La enfermera, tras limpiarlo, lo llevó hacia la madre, mientras comentaba:

—Nunca había visto un sietemesino con los ojos abiertos. ¡Y qué ojos! Azules y grandes.

Marta se lo acercó al pecho, agachó la cabeza y lo miró. Estuvo unos segundos en silencio, como si estuviera observándole.

—Es muy bonito. Pero ahora debe pasar unos días en la incubadora. Más tarde se lo vuelvo a traer —dijo la enfermera cogiendo a la criatura en brazos.

Manel se acercó a Marta de nuevo.

—Marta, creo que...

—Sí, Manel, lo acabo de ver en sus ojos. Tiene el don.

Manel se apartó un momento. No sabía hasta qué punto el hecho de que su hijo hubiera heredado aquel don le alegraba.

A él le hubiera gustado ser un niño normal y corriente como los demás, con sus defectos y sus virtudes. Un niño que aprendiese a convivir con otros utilizando sus mismas armas, con una identidad propia, con personalidad, con esfuerzo...

Manel seguía reflexionando.

¿Pero no somos todos distintos a los demás? ¿No son distintos el doctor Vila al doctor Vinyals? ¿Marta de Mireia o de Mónica? ¿Paula de la enfermera?

¿No tenemos todos un don? Mónica tiene el don de la seducción, Mireia tenía el de saber querer y Marta, el del esfuerzo y la superación. Solo debemos saber quiénes somos exactamente y cuáles son nuestras limitaciones, midiendo con cuidado cómo ejercemos cada uno nuestro don y tratando de convivir con él lo mejor que podamos... Y aquí tenemos mucho por hacer.

No quería que su hijo pasara lo mismo que él, que, desamparado durante muchos años, no había sabido cómo gestionar ese don por sí solo y había andado demasiado tiempo por caminos inciertos.

Una nueva responsabilidad se le ponía delante, enseñar a su hijo a convivir con una cualidad distinta a las de los demás.

Con su ayuda desde el inicio, las cosas le serían mucho más fáciles y alcanzaría metas inimaginables.

Se giró de nuevo hacia Marta.

—Tendremos trabajo —dijo él.

—Sí, ya se sabe, todo final acarrea un principio —contestó ella.

Manel rió y emitió un sonoro:

—¡Ja!

FIN